夏目漱
ファンタジア

この物語は虚構であり、
実在の人物・団体とは一切

零余子
Reiyoshi

絵　森倉円

序章　修善寺《しゅぜんじ》の大患

イギリス人のマーティン・ヘイル氏が設計したこの兵器は、敵の懐《ふところ》に榴弾《りゅうだん》を送り込むことを容易にする。

小銃擲弾《ライフルグレネード》。

ライフルにより撃ち出された榴弾が目標物に着弾すれば、爆発する。

榴弾には鋳物《いもの》の破片環が取り付けられており、爆発で破片が周囲に散開。爆発を生き延びた標的の体に破片をめり込ませ、二段構えの苦痛と死を見舞う。

それで攻撃された。

肉という肉に閉じたハサミを突き入れられ、そのままメリメリと対の刃を開かれているような痛み。腕も脚も腹部も胸も、全身のあらゆる場所を激痛が苛《さいな》む。

視界は暗転している。眼球は破片で潰れたようだ。

ひゅーっ、ひゅーっ、と。

腹から発する言葉は口までたどり着くことなく、喉のあたりで消えていく。

——ここで死ぬのか。何一つ言葉を遺《のこ》せずに。

夏目漱石ファンタジア

零余子

ファンタジア文庫

3381

口絵・本文イラスト　森倉　円

脳裏に浮かぶのは、言葉を頼みに生きてきた人生のこと。

教師をやった。本を書いた。新聞社の社員となった。文豪と呼ばれるようになった。

全ての場面で言葉が重要だった。己の歩みは言葉と共にあった。

それなのに、最も言葉が必要な今、言葉は口から出てこない。

「……せい、先生！」

呼びかけてくる声が聞こえる。

──そうか、お前は無事だったんだな。

少しだけ安堵《あんど》した。

死を待つばかりの心に、せめてもの慰めを得た心地だ。

「先生！　ここで死んでは駄目です！　全てが無駄になる！」

響く声は悲痛だった。

目の前に横たわる者の死をなんとしてでも覆《くつがえ》したいという、執着が宿る声だった。

「夏目《なつめ》先生、死んではいけません！　夏目漱石《そうせき》先生ィッ‼」

絶叫が轟《とどろ》いた。

一章　思い出す事など

吊《つ》るした電気灯がぐらぐらと動く。

硝子《ガラス》の中に湾曲した一本の光が、線香花火のように疾《はや》く閃《ひらめ》く。

生まれてから、この時ほど強く、また恐ろしく光力を感じたことはなかった。

かつて読んだ本にある「稲妻を眸《ひとみ》に焼き付ける」なる表現はこれのことかと納得した。

「目が覚めたか。ああ、光を直視しないほうがいい」

聞き覚えのない男の声がする。

「俺からしてみれば普通の灯《あか》りだが、今のあんたには強すぎるだろう。目を閉じろ」

言われるがまま目を閉じた。

瞼《まぶた》の裏に、まだ光の残滓《ざんし》が残っている気がする。

「俺の言葉は通じているようだな。そして自らの意思で瞼も開閉できる、と」

目を瞑《つぶ》ったままだが分かる。どうやらベッドに寝かされているらしい。

ベッドの近くには男がいる。誰なのかは分からない。

何やらカチャカチャと機材をいじる音がした。

機材が電話機であることは、続く男の言葉から察することができた。

「随分と早く電話に出ていただけましたね、ドクトル・ニルヴァーナ」

――ドクトル・ニルヴァーナだと？

異国情緒あふれる珍妙な響きだが、聞き覚えのある名だ。

とある文豪が持つ、数多《あまた》のペンネームのうちの一つであったはず。

更に、もう一つ気付いたことがある。

男は電話を繋《つな》ぐのに交換台を介さなかった。ということは民間の回線を使っていないということだ。専用回線を持てるのは、今のところ軍部だけだ。

――ならば俺は軍の施設内にいるのか？　俺は一体どうなった？

自分を取り巻く全ての事象に対して疑問が尽きない。

が、頭がうまく働かない。手足も動かない。

口も呼吸をするのがやっとで、喋《しゃべ》れない。

体の全てが機能不全。かろうじて耳は聞こえるので、聴覚に神経を集中させる。

「――そう、俺ですよ、『ラトルスネーク』です。はい、そうです。患者が目覚めました。すぐにこちらに」

すると、電話の相手が何やら要求をしたようだ。

ラトルスネークと名乗る男は、返答の前に考え込むような沈黙を置いた。

「——承知しました。俺の方で状況の説明をしておきますよ。ですが例の件については、あなたからご説明を……ええ、それでは後ほど」

受話器を置く音がした。

「さて」

男が再び声をかけてくる。

「聞こえていただろうが、ドクトル・ニルヴァーナがここに向かっている。彼については俺よりあんたの方がよく知っているはずだ。そうだろ、夏目漱石さんよ」

夏目漱石。

その名で呼ばれた瞬間、頭の中で何かが切り替わる。

どろどろと不安定な心が、秩序立っていくような気がした。

思考の回転が安定し、現状を客観的に分析できるようになる。

「……ぅ、あ」

漱石は何とか言葉を話そうとした。

だが、喉は萎えてしまったかのように、気だるく震えるだけである。

あの時と同じだ、と漱石は思った。

榴弾の爆発と破片で蹂躙《じゅうりん》された時のこと。

死を目前にして、この世に言の葉一つ残せなかった。今も同じく声が出ない。

「あんたは生死の境をさまよった」

漱石の顔の歪《ゆが》みから、漱石が何を思い出したのかを察したらしい。男は語る。

「西暦一九一〇年八月二十四日のこと。伊豆《いず》・修善寺の菊屋《きくや》旅館の一室にて客と面会していたあんたは、小銃擲弾《ライフルグレネード》の攻撃を受けた。爆発の衝撃、そして飛散した破片が室内の何もかもに襲い掛かった。あんたの肉体にもな」

普通なら即死だった、と男は言葉を継いでいく。

「あんたがこの世に留《とど》まっている理由のうち、二割は日頃の鍛錬だろう。折り返しを重ねた刀のように、鍛えられて丈夫になった肉と骨が、あんたの命が尽きるまでの時間を延長した。残りの八割については……これからやってくる御仁に語ってもらおうか」

急に男は指示を出した。

「右手の指を動かしてみろ。左手の指は動かさずに」

漱石はゆっくりと右手の指を動かしてみる。

動いたというより「震えた」という表現の方が似合うわずかな動きだったが、相手にとっては及第点だったようだ。

今度は左足の指を動かしてみるよう指示される。

これにも対応すると、男は「神経系は問題なさそうだ」と呟《つぶや》き、言葉を継ぐ。

「記憶についても確認しておこう。欠落はあるか？　自分自身を振り返るんだ。あんたが何を志して、どうして命を狙われたかを思い出せ」

漱石は言われるままに、在りし日の情景を瞼の裏に映し出した。


西暦一九〇五年九月五日。

全てはこの日から始まった。

日露戦争の講和条件に不満を抱いた一般民衆が、講和による終戦を図った政府への抗議として暴力に訴えたのだ。世にいう「日比谷《ひびや》焼き討ち事件」である。

交番や電車が襲撃され、アメリカ大使館や新聞社にも矛先が向けられた。

政府は鎮圧のため戒厳令を布《し》き、近衛師団《このえしだん》を用いて群衆の抑止にあたった。国民を守るための軍隊が、国民に対して牙を剝《む》いた瞬間だった。

この事件は日本という国の在り方を大きく変容させた。

それまで政府と国民は一体だった。国土の拡張は国民の自尊心を拡張させたし、政府の意思はそのまま国民の意思であった。

だが日比谷焼き討ち事件の後、政府と国民は分断された。

政府は国民を管理下に置こうとした。

政府の統制から外れる人間を取り締まり、時には市民にテロリストのレッテルを貼りつけた。警官は市民に毎日のように拘引状《こういんじょう》を突きつけ、牢《ろう》を満たしていった。

国民もまた、自分の思い通りにならない政府に攻撃を浴びせた。

言論の攻撃はもちろんのこと、一部の過激派は暴力を用いた。

特に社会主義者と呼ばれる一派は、放火や殺人、炸裂《さくれつ》弾でのテロを行った。

政府と社会主義者は、国の主導権を巡って苛烈な争いを繰り広げた。

そして両者の争いに巻き込まれたのが、作家たちである。


当時、印刷技術の発達と編集者たちの商業戦略が功を奏し、文芸界は規模を拡大した。

比例して作家たちの影響力が増大。ここに政府と社会主義者たちは目をつけた。

両者は世論工作のため、作家たちを支配しようと考えたのだ。

例えば政府は、自分たちに都合の良い小説を書く者には地位や金子《きんす》を与え、政府に不都合な小説を書く者の書籍はこれを発禁処分とした。それでも抗《あらが》い続ける作家に対しては、拘引状を乱用し、牢に押し込めた。

社会主義者の蠢動《しゅんどう》も作家たちを苦しめた。社会主義者たちは自らと思想が合わない作家を見つけると暴力を振るった。これにより腕を折られ、心折られ、遂《つい》に筆を折るに至った作家も出る有様《ありさま》だった。

表現の自由という白金のようにキラキラした美しい概念も、権力の横暴や社会主義者の暴力の前には塵芥《じんかい》より無価値なものとなり果てた。剛力の前には、言論はあまりにか弱い存在だった。

ペンは剣よりも強しとは、あくまで権力者が命令書にサインを入れるペンの話だ。市井《しせい》の作家が握る万年筆は、理不尽な暴力に抵抗できなかった。

ここで、ある作家は考えた。

——自由を侵害する暴力を止めるには、それ以上に苛烈な暴力で挑むより方途なし。

作家の名は夏目金之助《きんのすけ》という。

雅号は漱石で、世に夏目漱石の名で知られる男である。

そして西暦一九〇六年。漱石が三十九歳の頃。

漱石は弟子たちと共に、武装組織『木曜会』を設立。

自由を脅《おびや》かす全ての暴力使用者に対し、宣戦を布告した。

　個人主義。

　それが木曜会の掲げる大義だった。

『自分自身が自由でありたいのなら、他者の自由を尊重し、守護する必要がある』

『それが個人主義である。我は個人主義を掲げ、全ての自由の弾圧者に対峙《たいじ》する』

　その檄文《げきぶん》に、志ある作家たちが呼応。

　彼らは寡兵であるが士気高く、気付けば侮《あなど》りがたい勢力に成長していく。

　当然、政府は木曜会を鎮圧しようとした。政府の命を受けた警官隊が押し寄せた。

　そして、所詮は作家の寄せ集めであると油断した警官隊は、すぐに己の過《あやま》ちと至らなさを突き付けられることとなる。

　圧倒的な銃と弾薬。

　それらを握る作家たちの闘志。

　何より、作家たちを率いる夏目漱石《なつめそうせき》の圧倒的なカリスマがそれと噛《か》み合った時、そこには強力な軍事力が成立する。

『撃て』

　漱石が一言、呟く。それだけで。

整然と並べられた三八式歩兵銃の威嚇射撃が場に狂乱をもたらす。

特務兵士並みに訓練された作家らが、押し寄せてきた警官隊に催涙弾とゴム弾を注ぐ。鍛えた肉体を恃《たの》みに迫り来る屈強な警官も、過酷な訓練を重ねた作家が肉体言語でのコミュニケーションを図り、追い返す。

そして、作家の集まり一つ制圧できぬ不甲斐《ふがい》なさに業を煮やした指揮官が前線に現れようものなら、その日は警官隊にとっての厄日となった。

味方に向けて活を入れる指揮官たちは、突如として奇襲を受け、虜囚の憂《う》き目を見ることになる。

そのような場合、襲撃者は決まって漱石本人であった。

漱石は自由を害する全ての者たちを、木曜会の軍事力で抑止した。

木曜会がある限り、作家たちは己の胸に込み上げる激情や旅愁を、思いのままに原稿に綴《つづ》ることができた。

しかし漱石は政府と社会主義者を──『国家』と『思想』という怪物を二体、相手取ることになった。

特に政府は漱石の影響力を危険視していた。漱石は政府からの飴《あめ》と鞭《むち》を全て払いのけており、その手管を目にした政府はますます警戒感を強めた。

そして一九一〇年八月二十四日。

修善寺の菊屋旅館にて、小銃擲弾《ライフルグレネード》が炸裂した。

Ⓚ

「……ッ！」

爆発の瞬間を思い出して、漱石は体を強張《こわば》らせる。

「どうやら『修善寺の大患』に至るまでの記憶も、きちんと思い出せたらしいな。ああ、『修善寺の大患』ってのは、あんたが派手に吹き飛んだ一件のことだ。重大患者が生じた事件だったもんでな。延命手術を成功させるために、俺がわざわざアメリカから招聘《しょうへい》されたわけだ」

聞くに、ラトルスネークと名乗る男は手術に関わったという。ならば医者なのだろう。

また、アメリカからわざわざ呼ばれたとも言った。

つまり彼を招いた人物は医療事情に明るく、かつ海を隔てた異国まで連絡を取る手段を持つ立場にある。

――ドクトル・ニルヴァーナか。

瞼《まぶた》の裏に、彼の顔を思い浮かべた。

かの人物とは立場上、随分と疎遠になってしまった。息災にしていただろうか。

かつての友のことを考えていると、耳がカツカツと規則正しい足音を拾う。

「ご到着か」

ラトルスネークが短く呟く。

足音はさらに近づく。ドアを開ける音がした。

誰かがこの部屋に入ってくる。漱石のベッドの脇に立つ。

「目を開いていいぞ。ただし、ゆっくりとだ」

ラトルスネークに言われ、瞼を徐々に持ち上げていく。

光が相変わらず目を強く刺した。視界が一瞬だけ真っ白に染まり、漂白されきった視界の中に、やがて人の輪郭が浮かび上がっていく。目が慣れてきたらしい。

漱石の顔を覗《のぞ》き込んでいる男がいる。軍服姿だ。

背骨に定規でもあてているのかしらと思うほど姿勢良く、じきに齢《よわい》五十を迎えるはずの顔は、神彩ありと形容できるほどに立派なものだった。ドクトル・ニルヴァーナだ。

「君とは二年ぶりになるな」

久しぶりに聞いた声だ。声調から感じ取れる深遠なる思慮は、最後に出会った時よりも深みを増している気がした。

「最後に会ったのは長谷川《はせがわ》君（二葉亭四迷《ふたばていしめい》）の葬儀の時か。覚えているかね。式に参列した私は君を見つけた。君も私に気付いていた。しかし、互いに何も言わずにすれ違った。我々を立場が引き裂いた」

そうだ。

その時既に漱石は武装組織・木曜会のトップとして、政府と対立していた。

対してドクトル・ニルヴァーナは政府側の人間であった。漱石と親交があったが、帝国陸軍の軍医総監という立場から、漱石とは分断されていた。

ドクトル・ニルヴァーナは、本名を森林太郎《もりりんたろう》という。

軍人であり、世に森鷗外《おうがい》の名で広く知られる文豪でもある。

鷗外という名もドクトル・ニルヴァーナと同じく、彼が持つペンネームの一つだ。

「まさかこんな再会を果たすとは思わなかったぞ。まったく、君という男は手を焼かせてくれるものだ」

そうは言いつつも、ドクトル・ニルヴァーナ……改め、鷗外の顔には笑みがあった。

かつての友との再会を楽しんでいるようにも見える。

実際、このような事件でもない限り、木曜会の司令官であった漱石と陸軍軍医総監の彼は、永遠に交わらない平行線であったはずだ。

確かに『修善寺《しゅぜんじ》の大患』は痛ましい事件であったが、この時代を彩《いろど》った二人の文豪を再び会合させる役目も果たしていた。

「ドクトル、俺がここにいるんですが」

ここでラトルスネークが鷗外に呼びかけた。

漱石はラトルスネークの方に視線を動かした。

頭髪が癖のある猫っ毛になっている、齢三十ほどの白衣の男。

病室だというのに煙草《たばこ》を咥《くわ》えている。煙草を摘まむ手には、手袋が着けられていた。

「……ああ！　ラトルスネーク、君の前で手を焼くとは軽率だったな」

鷗外は「済まん」とラトルスネークに詫《わ》び、漱石を再び見る。

「君にも紹介しておこう。ここにいるのは手術を担当した医師で、名を野口英世《のぐちひでよ》という。おっと、本名で呼ぶのは控えてくれ。彼の名はあまり表に出したくない。彼を呼ぶときは『ラトルスネーク』と呼んで……」

「患者はまだ喋《しゃべ》れませんよ」

本名を英世だという医者が告げる。

鷗外がラトルスネーク……改め、英世の顔を見る。

「そうなのか?」

「ええ。何せ十五年ぶりに再活動する肉体です。腕や足など主要部については電気刺激や按摩《あんま》で筋力をある程度まで回復させることができましたが、喉の奥の声帯までは、流石《さすが》に手を出せませんでした。喋れるようになるには、訓練が必要です」

その言葉に、漱石は目を剝《む》かされた。

──十五年だと⁉

修善寺での攻撃で、死線を彷徨《さまよ》ったことは聞かされた。

短くない昏睡《こんすい》時期があることも承知している。

だが十五年もの間、寝続けていたというのか⁉

動悸《どうき》がする。言葉にならない声が出る。

「おい、落ち着け!」

英世が強い声を放った。

「血圧の急な変化は予後に差し障《さわ》る! 今は西暦一九二一年、修善寺の大患から一年後だ! ドクトル・ニルヴァーナの顔を見てみろ、十五年の歳月は流れていない!」

言われてみれば、確かに。

久しぶりの顔合わせではあるが、鷗外の顔に十年以上の歳月分の変化は見られない。

だが耳は確かに十五年という言葉を聞いた。矛盾が生じている。

どういうことだ、と問いかけたい。しかし喉は未《いま》だ回復していない。

漱石は場の二人に向け、あらん限りの意思を目線で送った。鷗外が肩を竦《すく》める。

「説明しろ、と言いたげだな。いいだろう」

鷗外は英世に頷《うなず》きかけた。

英世が大きな鏡を手に持ち、待機する。

「さて夏目君、ここで私からささやかなお願いがあるのだが――」

一拍、鷗外が間を置く。

「――冷静に頼む。くれぐれも冷静に。分かったかね？」

英世が大きな鏡の角度を調整し、漱石に鏡面を見せた。

鏡に映し出されたのは、ベッドに横たわっている漱石自身のはずだった。

「…………!?」

臓腑《ぞうふ》に氷水を流し込まれたような心地がした。

そこには一人の乙女がいたのだ。

形の良い鼻を起点に、顔中に「美」を広げている。

手術用の薄布一枚を纏《まと》わされた裸身が煽情《せんじょう》的だ。

病み上がりなのか、彼女の体の肉は決して豊かではなく、皮下の血潮も流れがそぞろに見える。彼女の美しさを語るには、万全の状態ではないようだ。

それでも街で投網《とあみ》を放ち、引っかかりたる乙女たちを並べて比べたとして、きっと美の秤《はかり》は他の誰よりも、鏡の中の乙女に傾くだろう。

体調が戻ればきっと、男も女も誰もが懸想《けそう》するくらい美しい乙女であるはず。それほど濃厚な「美」の気配を纏っていた。

漱石《そうせき》は呆然《ほうぜん》として、手を動かす。

鏡の中の乙女も漱石に呼応して手を動かした。

漱石の頭に、恐ろしい仮説が生まれる。

そんなバカな。だがまさか。

認めがたい現実から逃れるように、漱石は懸命に手を動かした。

だが鏡の中の乙女は遅れることなく、漱石の挙動をなぞり切った。

「理解したかね、夏目君」

鷗外がゆっくりと言う。

「鏡に映っているのが今の君の姿だ。そして君は、その姿に見覚えがあるはずだ」

ありえない。バカな。どうしてこんなことが!?

言葉にならない激情が頭をかき乱す。

だって彼女は死んだはずなのだ。十五年前に！

それなのに今、漱石の見つめる鏡の中には、十五年前の姿のままの彼女がいる。

「そう、文豪・樋口一葉《ひぐちいちよう》……樋口夏子《なつこ》さんだ。君のかつての許嫁《いいなずけ》だ」

告げくる鷗外の瞳には、理知由来とも狂気由来ともつかぬ眼光が宿っていて。

「簡潔に言おう。脳移植だよ。致命傷を負った君を生き永らえさせる唯一の方法として、冷凍保存されていた彼女の肉体に、君の脳を移植したのだ」

次の瞬間、漱石の喉からは叫びが生まれていた。

怒りか、悲しみか、それともこんなことを仕出かした旧友への憎しみか——漱石自身も判別がつかぬ巨大な感情が胸中で爆発した。叫べるはずのなかった喉で、吼《ほ》えた。

呼吸を忘れるくらい叫び続けた。

手足を滅茶苦茶《めちゃくちゃ》に動かし、今の自分の姿を否定しようと鏡を割った。

破片で陶器のような肌が傷ついてもなお、暴れた。

「だから落ち着けって！　脳移植をした体だぞ！　過度な興奮は脳の血管に悪影響を――ああクソッ」

苛立《いらだ》たしげに舌打ちした英世が、手袋を外した左手を漱石の顔に伸ばす。

露《あら》わになった彼の左手には酷《ひど》い火傷《やけど》があった。痛々しい皮膚の有様《ありさま》は、暴れる漱石すら一瞬だけ硬直させるほどのものだった。

その硬直による間隙《かんげき》を英世は見逃さない。

伸ばした左手で漱石の顔面を摑《つか》んで、そのままベッドに組み伏せる。

「少々寝ていろ、お嬢さん」

漱石は首筋に鋭い痛みを覚える。視界の端に注射器が見えた。

意識が覚束《おぼつか》なくなる。英世により薬を打たれたらしい。

強力な薬だった。意識も激情も何もかも、あっというまに泥濘《でいねい》に沈んでいった。

Ⓚ

夢を見ていた。十五年前の、在りし日の夢であった。

漱石は鷗外と肩を並べて、とあるみすぼらしい家の部屋にいた。

二人の前には一人の乙女が在る。

乙女は下半身を布団《ふとん》の中に差し入れ、上体を起こして二人に向き合う。枕元に湯呑《ゆのみ》と薬の袋。部屋の中に定期的に広がるコホコホという咳《せき》は、彼女の喉から生まれていた。

『手術を受けていただきたいのです』

鷗外が乙女に訴えた。

『樋口さん、貴女《あなた》は我が国の文学の魂の結晶です。貴女にはもっと生きて、素晴らしい文学を綴《つづ》り上げていただきたいのです』

『一葉……いや、夏子。俺からも頼む』

頭を下げ、漱石も言う。

『森先生が、青山胤通《あおやまたねみち》博士の手術を受けられるよう取り計らってくださった。完治は難しいとして、数年の猶予を得ることは可能だと博士も仰《おっしゃ》っている。昔の許嫁の頼みを聞いてほしい。手術を受けてくれ』

漱石に倣《なら》い、隣の鷗外も頭を下げた。

二人にとって彼女は、自らの頭を下げるに値する相手であった。

彼女は二人よりも年下で、しかも女性だったが、二人は詩魂溢《あふ》れる才媛を尊敬した。

そんな二人に、一葉という乙女は鷹揚《おうよう》に微笑《ほほえ》む。

『森鷗外《もりおうがい》先生と金之助《きんのすけ》さんに頭を下げていただけるとは、作家冥利《みょうり》につきます。ですが、私の心は既に決まっております。私はこのままでいいのです』

『どうして！』

漱石は顔を上げ、問う。

死病を得ながら泰然としている彼女を、漱石は理解できなかった。

『黄泉路《よみじ》に片足を踏み出して、ようやく私は自分の文学というものを確立した気がするのです』

『貴女の文学？』

鷗外がかすれた声で呟《つぶや》く。『ええ』と一葉は頷く。

『私は自然の色々な表情を詩や小説にして、紙の上に綴ってきました。私の文学は常に、大いなる自然から与えられたものでした。そして私もまた自然の一部であり、大きな流れの中にいる存在だと気付いた時、小さな己に固執する無意味さを悟ったのです』

そして彼女は言う。

『則天去私……それが私の文学の極致です。身を天地自然に委ねて生き、自然の大いなる流れの一部を借りて文学と為《な》すことが、私の文学です。私の病気もまた、天地自然の流れの一部と言えるでしょう。ならば私は、己の病気も受け入れたく思います』

『天に則《のっと》り私を去る――運命を受け入れ、現世に執着するのを止《や》める気か』

漱石は彼女の言葉の意を読み取った。だからといって納得はできない。

『私は嬉《うれ》しいのです。ようやく文学というものが分かりかけてきましたから』

透き通った笑みを浮かべる一葉に、漱石と鷗外はなおも言葉を重ねて説得を試みた。

それが無為に終わった時、二人は無力感を共有した。


一葉――樋口夏子の訃報が、漱石に届けられた。

彼女の死は、漱石の歩む道に大きな影響を与えた。

漱石は、心底敬愛した女性が「則天去私」を選んだというのであれば、その選択は尊重するべきだと考えていた。

一方、一葉に死を受け入れさせた「則天去私」という思想は、絶対に認めなかった。

あまりに頑《かたく》なな態度は、余人から咎《とが》められるほどであったが、漱石は譲らなかった。

『則天去私を選んだ一葉の自由は尊重する。だが、俺が則天去私を否定する自由は、何者にも奪わせない』

漱石は主張した。他者の自由は守りつつ、自分の信念だけは曲げないと。

何ものにも流されず、私を去ることなく、夏目《なつめ》漱石という自身に執着し続けると。

その主張は、やがて爛々《らんらん》とした輝きを放つ「個人主義」という思想へ変化していく。

『俺は自由であり続けたい。だからこそ他者の自由を尊重する。そして自由であり続けるために、他者の自由は命懸けで守り抜く』

自由な己を守るために、他者の自由を守る——「個人主義」の旗を掲げた漱石は、作家たちの筆を縛ろうとする政府や社会主義者と戦う決意をした。

自由を奪う者は暴力で排除するという過激な決意は、彼を作家から戦士に変えた。

そしてその決意は、樋口一葉を喪《うしな》ったことを源泉としていた。

それだけ漱石にとって、いや、日本文学にとって。

彼女の存在は大きなものであった。

Ⓚ

一九一一年七月十四日。

漱石が目覚め、そして英世《ひでよ》によって寝かしつけられてから五日後のこと。

治療を受け続ける漱石の元に、再び鷗外が訪れた。

「気分はどうだね?」

鷗外の問いに、漱石は言葉を返す。

以前の自分の声とは比べものにならぬ、美しい声で。

「最悪だ」

鷗外が目を見開いた。発声できるとは思っていなかったのだろう。

「見たまえラトルスネーク、嬉しい誤算じゃないか。もう喋《しゃべ》れるようになるなんて」

「ここ数日、患者はひたすら発声練習に取り組んでいましてね。ドクトル、あなたに罵詈《ばり》雑言《ぞうごん》を浴びせるためだそうです」

「まぁ、そうだろうな。夏目君の怒りは理解できる」

英世がベッドの脇に椅子を用意する。

鷗外は椅子に腰かけて、漱石と視線をぶつけた。

「で？」

会話の口火は漱石が切った。

「森先生、どう説明をつける？　他界した一葉の肉体は勝手に冷凍保存されていて、しかも俺の脳味噌《のうみそ》が彼女の頭の中に移植されていた。俺と一葉を実験動物にするとは、大したお方だ」

「随分な言い様だな」

「これは序の口だ。これからもっと口が悪くなる。おいラトルスネークとやら、外してくれ。森先生と二人だけで話がしたい」

「駄目だ。彼はここにいてもらう」

漱石《そうせき》は鷗外を睨《にら》みつける。

今は麗《うるわ》しき乙女の体なので、威圧の効果はいささか心もとない。

「あんたの護衛ってわけか？」

「違う。君の護衛だ」

「俺の？」

「君は殺されかけた……いや、殺されたんだぞ。使われたのは昨年英国で開発されたばかりの新兵器である小銃擲弾《ライフルグレネード》だ。こんなものを日本に持ち込むには、相応に力がある人間が関わっていなければならない。分かるか、君は本格的に政府から命を狙われていたんだ。護衛をつけるべきだろう」

「政府が俺の命を狙ったのなら、どうして俺を軍の施設に入れた」

目覚めて以降、漱石は部屋から出ていない。

だが、回復していく目と耳で集めた情報から、ここが軍の秘密病院であることの確信を得ている。ついでに、入院させたのが鷗外であることも見抜いていた。

「一年前の事件『修善寺《しゅぜんじ》の大患』に軍の関与はない。あれば私が気付いたはずだ」

「あんたや軍は暗殺に関与していないと？」

「当然だ。むしろ君の命を狙った政府は、私に計画を悟られぬよう、軍を計画の外に置いた。お陰で事件から一年経《た》った今も、下手人の痕跡が摑めん」

鷗外が表情にうかがわせた疲れは、漱石が眠っている間に、鷗外が方々手を尽くしていたことを表すものだった。

その表情を見た時、漱石はほんの少しだけ鷗外を信用してもいい気になった。

あくまでほんの少しだけだが。

「君の今後にも、彼の支援は重要になってくる。ここは受け入れてくれ、夏目君」

受け入れないと話が進まない、と言わんばかりだ。

場に一人立っている英世をひと睨みしてから、漱石は頷《うなず》いた。

意地を張るべき場面がここではないとは分かっている。

「さて、まずは樋口《ひぐち》さんの肉体の冷凍保存について語ろう」

長い語りの前に、鷗外はそう前置いた。

「知っての通り、彼女は今から十五年前、一八九六年に二十四歳の若さで他界した。己の死も自然の一部と受け入れ、末期《まつご》まで詩を詠《よ》み、自然と命の美しさを世に留め置いた」

鷗外の声には寂寥《せきりょう》の響きがあった。

漱石も「そうだったな」と、一葉の声で相槌《あいづち》を打つ。

「君と同様、私も彼女の死を大いに悔やんだ。彼女の死は受け入れがたかった。だから、彼女の死が目前に迫った時、私は意識を失った彼女に冷凍保存措置を施した」

鷗外は目を爛々と輝かせる。

「体を冷凍保存して今まで残していたのは、彼女への未練の表れだった。同時に、未来の医学でなら彼女を完全回復させられるかもしれないという、一縷《いちる》の望みの発露だった。私は氷の中に彼女の肉体と脳と、そして魂を閉じ込め、次世代に託すつもりだった」

肉体を勝手に冷凍保存するなど、許しがたい蛮行である。

当然、漱石には鷗外を糾弾する権利があった。

元とはいえ、彼女は許嫁《いいなずけ》であったのだから。

しかし鷗外がいかに彼女のことを尊敬していたかを知る漱石は、鷗外の逸脱を糾弾する言葉を持ち合わせていなかった。

自分が鷗外の立場だったら、あるいは同じことをしていたかもしれない。

漱石の口から、糾弾の代わりに問いが出た。

「冷凍保存なんて、あんたにそんな技術があったのか？」

鷗外は首を横に振る。

「いや、あの技術は協力者が提供してくれた。名を星一《ほしはじめ》という」

「その名前、新聞で目にしたことがある」

「科学者であり、実業家でもありながら、福島から衆議院議員として当選した才能の化身だ。特に薬学と冷凍技術の方面に碩学《せきがく》で、作家としての顔も持つ。まさに天才だ」

才能の怪物《キメラ》だな、と漱石は内心で思った。

「星博士はSFにも詳しく、若い頃よりタイムスリップの研究をしていた。コールドスリープすることにより、人間は三十年後や百年後、それ以上先の世界に至ることができると論じてきた。そして若き日の彼と私は手を組み、氷で彼女の体に流れる時を止めた」

「時よ止まれ、お前は美しい——か。とんだファウストもいたもんだ」

「私がファウストなら、星先生はさしずめメフィストフェレスといったところかな」

ゲーテの作品を引用しつつ、鷗外は語りを続ける。

「彼女は、私が管理する軍の研究施設の地下に保管されていた。本来なら彼女は、凍った時の中で悠久に眠り続けるはずだった。ところが、二つの事件が起きた」

「二つ？」

「一つは言わずと知れた『修善寺の大患』だ。君が小銃擲弾《ライフルグレネード》により重体となった。医学の粋を尽くしての治療で、絶命までに約一年間の猶予を持たせることには成功した。しかし肉体の治癒は望めず、迫り来る死は防ぎようがなかった」

そこで鷗外《おうがい》はもう一度、倫理の壁を踏み越えることにしたという。

「私はかつての誓いを思い出した。もう二度と、若い作家を死なせるまいと」

「俺はもう四十を超えていた。若くはない」

乙女の若々しい声で呟《つぶや》けば、鷗外が苦笑する。

「私からしてみれば君は若い。そして何より、樋口さん同様、君もまた日本文学にとって欠くことのできない人物だった。たとえ君の死が天の運命であったとしても、私はその運命を覆《くつがえ》すことを決めた」

もう一つ事件があった、と鷗外が続ける。

彼の声が平坦《へいたん》になった。

感情を抑え、冷静に話そうとする努力が透ける声だった。

「修善寺の事件から数か月後。治療も虚《むな》しく、君の体の限界が近づいていた頃だ。軍の研究施設に侵入し、彼女を解凍し、頭を切開して脳を盗んだ者がいる」

「……ッ⁉」

猟奇的な内容だった。初めて聞いた話でなければ、もっと驚いていただろう。

そう、この猟奇的な犯行には聞き覚えがあった。漱石との因縁も深い犯行だった。

「まさか『ブレインイーター』が⁉」

「そうだ。作家を襲い、脳を持ち去っていく猟奇的殺人犯——通称・ブレインイーターの犯行だ。これまで何人もの作家が奴《やつ》の餌食《えじき》になった。犠牲者の中には、我々のよく知った人物もいる」

漱石は一葉の口で奥歯を噛《か》みしめる。

脳裏をよぎったのは、学生時代の思い出。野球をした時のこと。

グラウンドをひときわ陽気に駆けていく彼の姿は、今でも鮮明に覚えている。

「私と親交があり、君の親友であった作家・正岡子規《まさおかしき》だ。彼はブレインイーターの最初の犠牲者だった。病で臥《ふ》せているところを狙われ、頭蓋を破壊され、脳を奪われた」

鷗外が語ったのは九年前の出来事である。

漱石の親友で野球仲間でもあった正岡子規が殺されて以来、ブレインイーターの被害は続いていた。

かつて漱石が、その文才に惜しみない称賛を送った作家・国木田独歩《くにきだどっぽ》。

与謝野晶子《よさのあきこ》と親交深く、『文壇の白百合《しらゆり》』の異名を持つ女流作家・山川登美子《やまかわとみこ》。

直近でも二名が犠牲になっている。命を、未来を、そして脳までも奪われた。

「どうやってブレインイーターが彼女の肉体の所在を知ったのかは不明だ。だが現実問題として、奴は冷凍保存された樋口さんから脳を持ち去った。しかも雑に解凍されたことで肉体の再冷凍も困難となった。我々は肉体を有効活用する以外に、方途がなくなった」

「そして脳を失った彼女の肉体に、肉体を失いつつあった俺の脳を移植したのか」

「狂気の発露だと謗《そし》ってくれていい。実際に、私も自分のやろうとしていることは狂気に満ちていると思った。だがこの方法にすがらなければ、樋口さんと君の両方……日本文学の対の翼が失われる。私は必死だった」

鷗外は重いため息を場に落とした。

「手術の成功確率は無に等しかった。薬と冷気で完全に近い状態で保存したものの、彼女の体は一度心臓を止めている。再び心臓が動き出す保証はない。脳の神経や血管やらを完全に繋《つな》ぎ合わせる技術のある医者もそういるはずがない。しかしまぁ、持つべきものはやはり協力者だ」

協力者とは、先に鷗外が言及していた星博士のことだろう。

「今度も協力者が力強いサポートをしてくれたよ。彼はとある医者を知っていた。それがラトルスネーク……野口英世《のぐちひでよ》君だ」

鷗外の説明するところによると、技術について星博士からの絶対の信頼を勝ち得ている医師・野口英世は、幼少の頃、囲炉裏に左手を突っ込んでしまい、左手が不自由になってしまった。

しかし左手の機能を補うかのように右手が異常発達し、高速かつ精緻な手術を手掛けられるようになったという。

やがてアメリカに渡った彼は、危険を伴う毒蛇の毒の研究を行うようになった。

強い毒を持つガラガラヘビ《ラトルスネーク》を、拘束しつつ毒を抽出するという危険な作業を右手のみで行い、命知らずの荒業を見た研究仲間たちから『ラトルスネーク』と呼ばれるようになったという。

その彼は漱石の手術のため日本に招かれていたが、ブレインイーターの案件が発生。

脳移植手術という前人未到の領域に挑むこととなり、無事に成功させたのだ。

「ああ、他の功労者についても触れる必要があるな」

鷗外は思い出したように言う。

「高浜虚子《たかはまきょし》君だ。君が修善寺で会っていた客だよ。小銃榴弾《ライフルグレネード》の攻撃に巻き込まれたが、命は保ち得ている。君を助けようと必死だったそうだ」

「虚子が……なるほど」

虚子は正岡子規の弟子で、漱石が『吾輩《わがはい》は猫である』を執筆した時には編集として活躍してくれた仲だ。生みの苦しみを共に味わった、漱石《そうせき》の創作における相棒と言っていい。

『夏目《なつめ》先生、死んではいけません！　夏目漱石先生ィッ‼』

彼が叫んでいた言葉を思い出した。

血と火薬の臭いの中で、彼は懸命に漱石の生存を祈ってくれていた。

あの恩義に報いることができる日はくるのだろうか。

「――以上が、君が再び目を覚ますまでの経過だ」

長い語りに区切りをつけて、鷗外が大きく息を吐き出した。

「君は修善寺で死んだことになっている。君の命を狙う輩《やから》に君の生存が知られたら、また血が流れることだろう。だから君の生存は徹底的に秘匿する。君はこれから樋口さんの体で、新しい人生を送るんだ」

「俺に木曜会を捨てろと？　戦いを忘れろと？」

「木曜会は解体された」

不意討ち気味に浴びせられた言葉に、息を呑《の》む。

「修善寺の大患後、副司令官であった寺田寅彦《てらだとらひこ》が君の後を継ぎ、二代目司令官として就任した。彼は政府と交渉を行い、木曜会の解体を条件に、作家たちへの不介入を政府に約束させた」

「あいつは……講和を選んだのか」

呟いた漱石の口は、しばらくの思考により閉じられる。

寺田寅彦は、漱石の弟子である。

だが、実際のところは漱石が寺田に教えを乞う場面も多々あって、弟子というよりも兄弟分であった。

漱石は彼を副司令官に据え、有事の際の全権を彼に任せていた。

寺田が講和路線を決めたのなら、きっと深慮あってのことだろうと考えた。ならば尊重するべきだとも思った。

実のところ、いくら意気盛んといえど、木曜会も無限に戦い続けられるわけではなかった。どこかで手打ちが必要だと、頭の隅では分かっていた。

そこで寺田が動いたのだ。

振り返ってみれば、政府は漱石を討ったことで面子《メンツ》を保ち、作家たちは政府の不介入という実を得た。

きっと、これが戦いの丁度良い収まりどころだったのだろう。

「森先生、ひとつ聞いてもいいか」

ここで漱石は鷗外をまっすぐ見つめる。

鷗外も漱石を見つめ返した。

「いきなり改まったな。察するに、ご家族のことだろう？」

「ああ」

「君の奥方、そして二人の息子と五人の娘、みんな無事だ。ご家族については、かつて君の勤め先だった朝日新聞社が面倒を見るとのことだ」

「そうか」

嘆息で漱石の胸が大きく動いた。胸のつかえが取れた気がする。

正直、鷗外に対しては色々と言いたいこともある。

けれども鷗外の働きに対する感謝と、家族の安全が確認できた安堵《あんど》が、漱石のささくれ立った心を多少和らげてくれていた。

家族の顔を思い出し、漱石は湿っぽい感情を含む声で呟く。

「万全の支えだな。あいつらに、もう俺は必要ないということか」

「少なくとも生活の支えは十分だ。今の君は、やるべきことに目を向けたまえ」

「世間に再びの荒波を立てないために、この体で目立たず生きていく……か」

鷗外は英世に目配せをした。

すると英世が懐《ふところ》から幾つかの書類を取り出す。

「新しいあんたの人生に必要な戸籍と身分登記だ。あんたは樋口一葉《ひぐちいちよう》の体を使い、『樋口夏子《なつこ》』として生きていくことになる」

漱石……改め、夏子は紙を受け取って、目線を紙面に滑らせる。

ふと、ある記載のところで目が留まった。

「九月より、神田高等女学校の教師に就任？」

「そうだ。君は秋から女性教師として女学校に勤務することになる」

教師は得意だろう、と鷗外から言われた。

彼の中では気を利《き》かせた提案だったらしい。

もっとも、夏子がそう受け取るかは別の話である。

「今は七月十四日だから、教師としての着任まで二か月を切っている。まず君は、新しい体と名に慣れることだ」

語りに終わりの気配があった。

鷗外が椅子から立ち上がる。

「では、公務があるのでな。私はこれで」

退出しようとする鷗外は、病室の扉の前でふと立ち止まる。

振り返らないまま、彼は夏子に語り掛ける。

「君が生きていてくれてよかった。これは私の本心だ」

そのまま彼は、夏子の返事を待たずに去っていった。

二章　月が綺麗《きれい》ですね

夏子は大きな鏡に己の裸体を映し出す。

八月の熱気で火照《ほて》った体に、汗の玉が浮かんでいる。

鎖骨のあたりに生じたひときわ大きな汗の雫《しずく》が、滑らかな肌を降《くだ》っていく。双丘の間を抜け、括《くび》れる腰へと伝い、その下にある茂みに消えていく。

肉感的《ヴォラプチュアス》――そんな言葉が似つかわしい肢体だった。

一か月間の療養により皮下の肉は血色を取り戻し、唇は華やかに色づく。

二十四歳の体は少女という「春」の時代を過ぎて、女として熱を帯びる「夏」の季節を迎えている。

「ふうううっ」

長い息を吐き、手にしていた鉄亜鈴《てつあれい》を床に置く。

部屋の戸がノックされた。

「入れ」

告げれば、英世が二つの袋を抱えて入室する。

裸の夏子と面と向かうことになった英世《ひでよ》は、特に興奮を表すわけでもない。

「どうして裸なんだ？」

普通に尋ねられる。夏子は部屋のクローゼットを指さした。

「用意された服だが、あれはいい服だろう。トレーニングの汗で台無しにするのは、勿体《もったい》ないと思ってな」

「トレーニングに励むのは大いに結構だが、諦めが肝心だぞ」

「何を諦めろって？」

「リボルバーだ」

拭け、と英世からタオルを放り投げられる。

夏子はすらりとした腕を伸ばし、白魚のような指でタオルを摑《つか》む。

清拭《せいしき》に取り掛かる夏子に向かい、英世は言葉を重ねる。

「あんたの身の回りの危険は完全に去ったわけじゃない。政府側に命を狙われていた身であり、更には厄介な『ブレインイーター』までもいる。ならばと護身用の銃を持てと言われ、以前愛用していた銃にこだわろうとしたのも分かる。が、あんたの体はリボルバーを取り回すには不向きだ。自動拳銃に切り替えろ。安全装置もあるし」

「自動拳銃《オートマチック》？」

夏子は、双丘の下を濡《ぬ》らす汗を拭きながら反論する。

「あんなもの実戦でアテになるか。弾詰まりはするし、故障も多い。いざ使おうとしたら中の機構《バネ》が死んでいるのがオチだ」

「ところが、今じゃそうでもないのさ」

英世は持ってきた袋の一つから、一丁の拳銃を取り出す。

「コルトの最新式——今年の三月に米軍が採用した自動拳銃は、砂漠地帯や湿地帯の使用にも耐える丈夫な構造で、45口径のマンストッピングパワーが信頼性を生み出す。自動拳銃が頼りなかった時代は終わりだ」

「それが実物か？」

問えば、呆《あき》れたような眼差《まなざ》しを返される。

「バカ言え。45口径なんて今のあんたが撃ったら、反動で音を上げるぞ。これは米軍の自動拳銃の機構を参考に、あんたでも扱えるよう改造したものだ」

「そうか」

武器を手渡され、夏子はため息を吐《つ》く。

かつて浪漫《ロマン》主義文学にも棹《さお》さしたことのある身である。

自分の相棒となる銃は、せめてロマンのあるリボルバーを使いたかった。

とはいえ、リボルバーにこだわることに合理性はない。それは承知だ。

「……ところであんた、いつまで裸でいる気なんだ？」

英世が投げかけた疑問は、この場において至極ごもっともなものであった。

夏子の言うところの「いい服」とは、目の覚めるような色合いの服であった。

洋装と和装の合わせ着だ。服に燕子花《かきつばた》の意匠。どこか尾形光琳《おがたこうりん》の絵を思わせる。

おそらく美術に通じた鷗外《おうがい》が絡《から》んでいるのだろうと、夏子は察した。

それを着こなせば、成程。良家のご令嬢のような出《い》で立《た》ちとなる。

少なくとも、頭の中身が四十過ぎの中年男性であるなど、誰も見抜けまい。

「来月からあんたが赴任する神田高等女学校は、全寮制のお嬢様学校だ」

令嬢然とした見た目の夏子に、英世がブリーフィングを行う。

「ここ一か月の間、あんたはよく訓練に耐えた。お陰で予定よりも早いペースで体の機能が回復している」

「ついでに食欲も回復した。ここで出される料理の量じゃ物足りないくらいだ」

「まさか、もっとあれを食べたいと？」

「ああ」

素直に言うと、英世が思案気な顔になる。

「はっきり言うが、ここの病人食は栄養価のみを意識していて、食味は最悪だぞ」

「そうか？　ウマくはなかったが、食えないほどじゃ……」

困惑する夏子を見ていた英世だったが、急に何かを思い出したらしい。

「そういえばあんた、数年間メシマズの国に留学していたな」

「やめろ」

「は？」

「英国の話題を俺に振るな。胃に鳥肌が立つ」

「そこまでマーマイトの味を思い出したくないのか？」

「マーマイトがマシだと思えるくらいの食環境を生き延びてきた」

心なしか、英世の目に同情的な光が宿る。

「まぁ、なんだ。あんたの食欲については俺も考察したが、肉体が冷凍保存されていたことが関係していると思う」

「というと？」

「休眠状態だった細胞が一気に活性化し、細胞に変異が生じたのかもしれん。代謝が活発になり、身体機能が向上したんだ。かつてその体は死病を得ていたが、復活してから病状が鳴りを潜めている。これは活性化した細胞が、病巣《びょうそう》を一気に駆逐したと考えられる。予想外だ」

「上々じゃないか」

「いや、細胞の活性化は長短両面を持つ。あんたは膨大なエネルギーを使うことになり、エネルギーを補うために食欲が増進しているんだろう。活発な代謝による体温と血圧の上昇も、燃費の悪さに拍車をかけている」

告げくる英世の眼《め》は鋭い。

眼光は職業人としての矜持《きょうじ》に満ちている。

「燃費の悪さは体に負担をかけている。寿命を力に還元しているんだ。すぐに死ぬことはないだろうが、命の残量は意識しておいた方がいい」

それは夏子にとって重要な問題ではなかった。

どの道、今ここに生きているだけで儲《もう》けものの身である。

ここで長生きを望めば、過ぎたる願いというものだろう。

「また、細胞の活性化は、そのまま細胞が悪性変化した時のリスクに繋《つな》がる。悪性腫瘍ができれば、一気に全身に広がることになるというわけだ。細胞の悪性変化を誘発する行為は慎んだ方がいい」

「具体的には何を？」

「喫煙だ。細胞が悪性変化しやすいという報告書が出た」

それは夏子《なつこ》にとって重要な問題であった。

「煙草《たばこ》は引き続き楽しみたい。今だって、久しぶりに吸いたいくらいだ」

「駄目だ」

「煙草は紳士のたしなみだぞ」

「今のあんたは淑女だ」

「ラトルスネーク、お前は吸っているじゃないか」

「それとこれとは別だ」

「量を調整すれば吸っていいのか？　例えば一日三本までとか……」

「何のためにこの部屋に大きな鏡を据え置いたと思っている。今の自分の姿を客観視することで、体に合った生活を心がけるようにするためだ。自分の姿をもう一度見てみろよ。こんな乙女が、リボルバーを取り回して煙草を吸うか？」

「カッコいいじゃないか」

「大和撫子《やまとなでしこ》を叩《たた》き込んでやる必要がありそうだな」

英世が肩を竦《すく》め、話を継ぐ。

「さっきも話した通り、神田高等女学校はお嬢様学校だ。教師であるあんたも清く麗《うるわ》しいご令嬢であることが求められる。夏目漱石《なつめそうせき》であることを捨てろとは言わないが、今は樋口《ひぐち》夏子であることの自覚を持ってくれ」

「神田高等女学校ってのはどんなところなんだ?」

問えば、英世は説明する。

そもそも高等女学校とは、尋常小学校を卒業した女子たちが、更に学びを求めて向かう学校である。

そして東京・神田に建てられた神田高等女学校は、中流から上流家庭の子女を対象に、全寮制の充実した環境を提供することを謳《うた》い文句に発足した、新進気鋭の学び舎《や》だった。

広大な敷地《しきち》を煉瓦《れんが》塀でぐるりと囲んで、囲いの中には赤煉瓦で構成された洒落《しゃれ》た校舎と寮棟がある。

塀の外からは建物の一部が見えるのみであるが、全容を見せぬことで、見る者たちの想像力を逞《たくま》しくさせる。

塀に守られた聖域の中に在る、乙女たちが行きかう素晴らしき学び舎を想像し、足を踏み入れてみたいと誰もが一度は願う。

塀という結界で外界と隔離された聖域——そう夏子は理解した。

「高等女学校は通常でなら四年制だ。しかし法律は、就学期間の一年延長を認めている。此度《こたび》、神田高等女学校は九月より就学期間を一年延長し、新たに五年生を設けた。あんたはその学年を受け持ってもらうことになる。当然、生徒と一緒に寮に住んでもらうぞ」

「五年生というと、ちょうど十六、七の年頃か」

ちょうど乙女盛りである。

目に見える世界がキラキラ光り、楽しい年頃だろう。

そのような年頃の、それも名家のお嬢さんたちを預けられるというのだ。

責任は重大なものになると夏子は感じた。

学問を教える上での心配はしていない。

だって夏子は、漱石時代に帝国大学の教師をやっている。

国内最高峰の学び舎で、最高学年を相手取り、英文学だとか、哲学だとか、女性論、煙草の吸い方、英国式の皮肉の言い方、浅草十二階下での遊女の買い方……澄みも濁りも様々な知識を学生に伝授してきた実績がある。

夏子として生まれ変わっても、教導能力は自家薬籠中《じかやくろうちゅう》のものである。

それよりは、寮生活のなかで淑女さを求められ続けることの方が心配だった。

「あんたの言葉遣いも直さなければな」

英世《ひでよ》の言葉に、暗澹《あんたん》たる気持ちになる。

「勘弁してくれ」

夏子はぼやいた。己を貫くために武器と筆を握るしかなかった不器用な男が、器用に女言葉を使えるとも思えない。

泣き言がつい口から漏れる。それを英世が見咎《みとが》める。

「やる前から諦めるな。あんたは帰国子女という設定にしているから、多少の不自由さは異国暮らしの名残として誤魔化せる。それに、妙案もある」

「妙案？」

「口癖を作ればいいんだ。口から発する言葉を全て女言葉に翻訳するのは、骨が折れる。だから言葉に窮する場面があったら口癖で繕えばいい。言葉の受け手に意味を想像させるんだ」

口癖、か。

一考に値するアイデアだとは思えた。

肉体こそ令嬢だが、頭の中は中年男性。その事実を秘匿する必要がある。

会話で何かしらのボロが出そうなとき、下手に説明で取り繕うよりも、煙《けむ》に巻く方が効果的というのも頷《うなず》けた。

問題はどんな口癖にするかだ。

良い案なんて、そうそう出てくるものではない。

と、ここで英世が聞いてくる。

「あんたは昔『アイ・ラブ・ユー』を『月が綺麗《きれい》ですね』と訳したと聞くが？」

「そんなこともあったが……おい、まさか」

「それでいこう。あんたの口癖は『月が綺麗ですね』だ」

「は？」

ニヤニヤと口唇《くちびる》を歪《ゆが》める英世を見て、夏子は非常に不吉な予感を得た。

このままだと玩具《おもちゃ》にされそうな気がする。

「おい冗談だよな？　その設定、俺には背負いきれないんだが？　なぁおい、おい⁉」

ズルズルと大きな鏡の前に引きずられた。

鏡に改めて自分の姿を映し出す。

華やかな美貌と向き合うと、傍《かたわ》らで英世が指を鳴らす。

「さぁ、口癖の修行だ」

「なんて雑なフリなんだ」

ため息を吐《つ》きつつ、まぁやってみるかと考える夏子。

修善寺《しゅぜんじ》の大患前は、個人主義を掲げて自由を死守する活動をしてはいたが、本来は他人に従うことに抵抗があるタイプではないのだ。

「口癖を自分のものにするんだ。様々な場面を『月が綺麗ですね』で乗り切れ。まずは、月夜に知人と出会った時の挨拶」

夏子は記憶の中にある一葉の笑顔を思い出す。

腹をくくり、記憶の中の一葉の表情を、自分の顔に張り付ける。

「――あら、こんばんは。月が綺麗ですね」

鏡の中の自分は中々の演技をしていた。

初めてのことなので多少のぎこちなさはあるが、及第点だろう。

「いいぞ」

英世が頷き、次の場面を設定する。

「待ち合わせの場面だ。あんたはだいぶ待たされている。待ち合わせの相手が現れた時には、既に空には月が浮かんでいた」

「――あらあら、本当に、月が、綺麗、ですね」

月が出るまで待ちぼうけをくらったという不満を舌先に染《し》み渡らせて、一句ずつ刻みつけるように発する。

表情は笑顔で、目のみを怒らせた。

鏡で見ると、単に感情を露《あら》わにするより迫力が滲《にじ》んでいる。これも及第点だ。

「悪くない。ならこれはどうだ。小糠雨《こぬかあめ》の中、あんたは恋人と共に一つの傘の下で、肩を寄せ合い歩く。至近距離で恋人から笑いかけられ、照れたあんたは思わず目線を逸《そ》らし、出てもいない月の輝きを――」

「待て」

「どうした？」

「そんな場面を想定する必要があるか？」

「逆に、この場面は必要ないとあんたは断言できるか？」

「いや、それは……」

「必要のなさを証明できなければやれ。これは想像力を鍛えるための訓練でもある。想像力に乏しい兵士の戦場での末路を、理解できないあんたではないはずだ」

「………」

なんかもう、ヤケクソな気分になってきた。どうにでもなれ。

夏子は羞恥心を心中のゴミ箱に捨て去り、演技に没頭する。

「――っ、月が綺麗ですねっ！」

頬を染めて、目を泳がせる。

見つめるべき月など空のどこにも浮かんでいないことを、目の動きで表現する。

「次だ。友人の詠《よ》んだ詩が下手糞《へたくそ》過ぎた。ところが友人はこれを会心の作だと自負して、あんたに感想を求めている。友誼《ゆうぎ》は大切にしたいが、駄作を上手とも言えぬ」

「──あ、ははは、えーと……あっ、月！　月が綺麗ですね！」

愛想笑《あいそわら》いからの、空々しい話題転換の演技。これも上手にできた。

続けていると、なんだか楽しくなってくる。演技にも脂が乗ってきた。

「霊験《れいげん》あらたかな恋結びの大樹の下で、あんたは想《おも》い人に恋心を伝える」

「──あなたが傍《そば》にいると、月が綺麗ですね」

「新婚生活、新居での夜のこと。布団《ふとん》の上に座るあんたに、夫は『この家をもう少し賑《にぎ》やかにしたい』と言ってくる。その意味を察したあんたは、官能の熱を宿す体をそっと夫に沿わせ、返答する」

「──月が……綺麗ですね……ふふっ」

「天空には赤く大きな月。その月より襲来した六枚の翼を持った漆黒の怪物が、月を背負って地上を睥睨《へいげい》している。地上部隊はすでに壊滅状態で、唯一まだ生き残っているあんたは、なお怪物に立ち向かおうとする。彼我の戦力差は歴然なれどあんたは諦めない。人類としての矜持《きょうじ》があんたに再び銃を取らせる。満身創痍《まんしんそうい》で立ち上がるあんたの口から、叫びが轟《とどろ》く」

「――へへ……まったく……月がッ！　綺麗ッ！　ですねぇぇぇぇっ！」

「最愛の娘の命を惨《むご》たらしく奪った犯人をあんたはついに追い詰めた。這《は》い蹲《うずくま》って命乞いをする犯人に対し、あんたは冷たく目を光らせ、犯人の頭部に銃口を向けて――」

「――月が綺麗ですね」

ズドン！

夏子は先ほど手渡された自動拳銃を手にし、己の想像力が生み出した足下のクソ野郎の頭部目掛けて照準を定めた。安全装置を外して引き金を引いた。銃声が生まれた。

ビシィッ！

床板が銃弾で弾《はじ》ける。

銃声は空気を震わせ、建物全体に警戒を行き渡らせた。

「バカ、演技にのめり込み過ぎだ！　本当に撃つ奴《やつ》があるか！」

「バカはお前だ！　銃弾が入った状態で人に渡す奴があるか！」

英世の怒声に、夏子もまた怒声で対応する。装塡済みとは予想外だったのだ。

怒声をぶつけ合う間に、人の気配が近づいてくる。

「くそっ、騒ぎを鎮《しず》めねぇと！」

舌打ちをしながら英世が廊下に出ていく。

駆け付けた保安要員を説得する声が、部屋の中まで聞こえてくる。

「襲撃じゃない、事故だ！　護身用の拳銃が暴発したんだ！」

「事を荒立てる必要はない！　もうじき患者も退院するさ！」

「分かっている！　始末書ならいくらでも書かせてもらう！」

応酬が続き、しばらくして。

部屋の中に戻ってきた英世は、疲労感が宿る表情をしている。

「俺は一つの知見を得た。有意義な知見だ。それは、あんたといると、退屈しないだろうということだ」

「護衛を外れるなら今の内だぞ」

言い放って、夏子《なつこ》はふと尋ねる。

「そもそも、俺は教師として寮に住みこむとして、お前はどうやって俺を護衛するんだ。まさかお前も教師になるのか」

「教師？　バカ言え。なんで俺の貴重な人生の一部を、ガキどもの供物《くもつ》にしなければいけないんだ？」

「言い方はともかくとして、主張には同意できる」

夏子は大きく頷いた。

教導能力こそ自家薬籠中《じかやくろうちゅう》の物だが、本当は教職が大嫌い。

鷗外《おうがい》が神田高等女学校を紹介したのは、彼なりの配慮のつもりだったのだろう。

だが、夏子にとっては余計な提案であった。教師はもうウンザリだったのだ。

そして、余計といえばもう一つ。

「俺に護衛は必要ない」

夏子は主張する。

「お陰で随分と力も戻ってきた。今なら一人でもやっていける――」

カチャリ。

金属音が、夏子の言葉尻を食い破った。

英世《ひでよ》が夏子のこめかみに拳銃を突きつけていたのだ。

銃はシングル・アクション・アーミー。SAAの略称で知られるリボルバー。

グリップ部には金属製のガラガラヘビがあしらわれている。金属の蛇が、夏子を睨《にら》んでいる。

「護衛が必要ないだと？　あんた、この状況でも同じセリフを吐けるか？」

英世が冷ややかに告げてくる。

「自惚《うぬぼ》れるな。あんたの回復は驚異的ではあるが、全快には程遠い。この程度の早抜き、かつてのあんたなら対応できていたはずだ」

「……ッ」

「俺はドクトル・ニルヴァーナに金を積まれ、この仕事を引き受けた。俺の雇い主は彼であってあんたじゃない。あんたの我儘《わがまま》に付き合う義理もないわけだ。分かるな？」

夏子は英世の銃を一瞥《いちべつ》し、英世に目線を戻した。

負けを認めるべき場面だが、素直に認めるのは悔しい。皮肉の一つも言いたくなる。

「随分と風変わりな手術道具だな？」

「穿頭《せんとう》手術用さ。分厚い頭蓋骨でも、一撃だ」

頭に穴を開けるのは得意なんでね、と英世は言う。

医者としてはあまりに不謹慎な発言だし、同時にこんな奴だからこそ、脳移植手術なんて所業に手を染めるわけだと納得させられた。

ひとまず両手を上げて降参の意を表す。

呼応して英世も銃を収め、言う。

「安心しろ。神田高等女学校に赴任するあんたのために、俺の代わりとなる護衛を用意した。後日あんたに紹介するが、あんたもよく知る奴だ」

「俺がよく知る奴？」

頭の中に何人かの候補がよぎる。

殺人剣の使い手である物理学者や、南満州鉄道株式会社の隻眼総裁。

アルコール依存症の弟子、漱石《そうせき》のところに来た手紙を焼くのが趣味の弟子、漱石が「最低のゲス」「生かしておきたくはなかった」と評するレベルの弟子、借金魔の弟子（複数名）、夫婦で爛《ただ》れきった弟子、等々。

「…………」

思い返すと碌《ろく》な奴がいねぇな、と内心でため息。

遠い目をした後、目線の照準を英世に戻す。

「それにしてもお前、俺に自動拳銃《オートマチック》を押し付けておきながら、自分はリボルバーか？」

「リボルバーにはロマンがあるからな」

「分かるぞ。すごく分かる」

これは大いに首肯できた。

夏子は本日何度目かのため息を吐《つ》く。

「まぁ、リボルバーの良さを分かち合える男と出会えたのが、せめてもの慰めだな。お前とはリボルバーの魅力を肴《さかな》に、いい酒が飲みかわせそう――」

「酒？ 冗談も大概にしてもらおう」

英世が真面目くさった顔で言う。

「喫煙同様、飲酒も細胞を悪性変異させる可能性がある。あんたは禁酒だ」

「鬼かお前は」

リボルバーを取り上げられ、禁煙を強《し》いられ、挙句に禁酒ときた。

これでは現世にしがみついた甲斐《かい》というものが感じられない。

「うんざりだ。一体、何を楽しみに生きろと？」

「小説を書けばいい。あれだけ熱心に執筆していたんだから」

「俺は、小説を書くことが楽しいなんて思ったことはない」

床に目を落として呟《つぶや》けば、英世が不思議そうな表情になる。

「そうなのか？」

「心に溜《た》まる鬱憤やら不安、悔恨や憎悪《ぞうお》、未練……それらを抱え込むには、俺の脳味噌《のうみそ》は小さすぎたんだ。時折吐き出してやらないと、心が壊れていく。だから俺はそれらを表現で発散するため、小説を書いたんだ」

舌打ちを一つ、場に落とす。

「世間は俺たち作家を勘違いしている。俺たちは楽しんで小説を書いていたんじゃない。表現しないと己が壊れていくという強迫観念に駆られ、血を吐きつつ筆を手にしたんだ」

そう。

作家を操ろうとした政府や社会主義者たちは、そこを勘違いしていた。

作家たちは単なる金銭欲や承認欲求から創作に打ち込んだのではない。

少なくとも、明治を生きる作家たちは、貧困や病苦、身分差別などの困難により消耗した精神を治癒させるための手段として、創作に打ち込んでいた。

武装組織・木曜会が大所帯となったことは、その証左である。

活計《たっき》の術《すべ》を確保するためという理由だけでは、あれほど激しく戦い続けられない。

個人主義の旗の下に集う作家たちは「表現しないと己の神経が死ぬ」という切実な理由から、戦いに身を投じたのだ。

表現の自由は、彼らにとって文字通りの生命線だったから。

「そうとも。執筆は心の治療だ。執筆をするのは心が怪我《けが》している奴だ。心か健やかな奴が、小説なんか書くものか」

思えば森鷗《もり》外も、樋口一葉《ひぐちいちよう》も、心のどこかに闇と病みを抱えていた。

だからこそ鷗外や一葉はあれだけ素晴らしい作品を書けたのだろうと、夏子は語る。

「なるほどな」

夏子の話は、英世を納得させたようだ。

「てっきり楽しくて小説を書いているものと思っていたが、どうやら俺は浅慮だったようだ。学ばせてもらったよ。ところで——」

英世は紙袋をひとつ摘まみ上げる。

それは彼が部屋に持ち込んだ二つのうち、未開封のものだった。

もう片方の袋には拳銃が入っていたが、この袋には何が入っているのだろうか。

「俺はあんたが病人食のマズさに心をすり減らしていると思っていた。だから口の慰めとなるものを用意したんだが」

英世は紙袋の中から、カステラの包みを取り出す。

夏子は思わず身を乗り出した。

「ふ、風月堂《ふうげつどう》の東京カステラ！」

突き出されるカステラは、夏子にとって値千金の価値がある。

「甘い物は嫌いか？」

「大好きだ。甘味は人生の喜びだ」

夏子は整った顔で微笑《ほほえ》んだ。

「そうとも、俺にはまだ甘味があった！　食の喜びは素晴らしい！　甘いものは特に！」

「……作家ってやつは本当に、甘味が馬鹿みたいに好きだよな」

「何か言ったか？」

「いいや、何も。とりあえずお茶にしようぜ。いい紅茶があるんだ」

喜色満面だった夏子が、ここで身震いした。

「おい、あんた一体どうしたんだ」

「緑茶にしてくれ」

「緑茶？　紅茶じゃダメなのか」

「紅茶は嫌なんだ」

「なぜ」

「心に鳥肌が立つ」

ああ、と。英世が手を打つ。ニヤリと笑う。

「あんた、英国の文化まで毛嫌いするほど、あっちで食生活に難儀していたのか。この分だと、ユニオンジャックを見せたら気絶すらしそうだな」

「……月が綺麗《きれい》ですね」

苦し紛れに場を濁す夏子の姿を、英世は明らかに面白がっていた。

Ⓚ

八月の日々を、夏子は女学校の女教師になるための訓練に捧《ささ》げた。身に着けるべき技能を学び続けた。

学びは短くして成らず、とは先人の説く道理である。

けれども夏子は九月より女学校に居場所を作らなければならないため、学びをひと月で成らせる必要があった。

無理を承知で学びに熱中した。

そして、無理が通れば道理は引っ込むという言葉の正しさを理解した。

八月下旬。

先だって英世が仄《ほの》めかしていた「新しい護衛」との顔合わせの日が来る。

英世に連れられて病室に入ってきたのは一人の少女だった。

歳《とし》は十六程度に見える。きめ細かく洗練された白絹のような美貌を持ち、佇《たたず》まいは何年も清流で洗われた玉石のように磨き抜かれている。

髪の色艶は黒檀《こくたん》を思わせ、潤いを感じさせる瞳は黒真珠のよう。

外見上の美点を挙げたらキリがないが、一言でいえば美少女だった。

「ご主人様なのですか？」

その少女が夏子を見て、小さな唇から声を漏らす。

「本当に、女性になってしまわれたのですね……」

夏子はまじまじと少女を見て、それから英世を見る。

「誰だ？」

夏子が問い、場に沈黙の帳《とばり》が下りた。

「誰だ、だと？」

英世が気難しげな表情になる。

「あんたの顔見知りだろう？　禰子《ねこ》って名前で、夏目家の元女中だ。あんたの護衛となる人間である以上、俺の方でも裏はしっかり取っている」

「記憶にない」

禰子という少女はショックを受けた様子だった。

「そんな」

顔は悲しみで満ちている。

嘘偽《うそ》りのない、純粋な感情が透ける。

しかし夏子の方も覚えがないのだ。記憶をいくら棚卸ししても、彼女の姿はない。

大体、身近にこんな美少女がいたら絶対に覚えているはずだ。

「君は俺を知っているようだが、俺は君を知らん。いや、記憶がないというべきか。君が夏目家の女中だったというのであれば、その証《あかし》を示してほしい」

「証、ですか」

禰子が何やら迷い始める。

何を言うべきか迷っているというよりは、言ってしまっていいものかを迷っている様子だった。やがて彼女の口が開く。

「……私は夏目家の女中でしたから、夏目家の事情はよく知っています。当然、鏡子《きょうこ》奥様のことも」

「鏡子のことを？」

「はい。奥様が折に触れて『うちの旦那が女の子になってくれればいいのに』と呟かれていたことも存じています」

夏子《なつこ》は目を丸くした。

漱石《そうせき》の妻・鏡子は、確かにそんな言葉を呟いていた。その記憶は夏子にもある。

また、この話は夏目家の外には漏らしていない。この情報を知っている以上、夏目家の内部に禰子がいたという話は信憑性《しんぴょう》がある。

「そうだ」

夏子は禰子に頷《うなず》きかける。

「鏡子は可愛《かわい》らしいものが好きでな。旦那にも可愛らしさを求めたんだろう。だからこそ俺に『女の子になればいい』などという妄言を――」

「違うのです」

「違う？」

自分の妻の解説をしていたら、女中を名乗る少女から解釈違いだと指摘される。

「私は知っています。ご主人様が女の子になるよう奥様が望んでいたのは、かつてご主人様が口にされた、心無いお言葉が原因です」

「心無いお言葉？」

間が抜けた声でオウム返しする。

禰子は少しだけ言い淀《よど》み、説明する。

「昔、夏目家が経済的に苦しかった折、ご主人様が奥様に『お前が子どもをバカみたいに産むから、うちに金がなくなるんだ』と責めたと伺っています」

「………」

それは記憶にある。

「あまりの言葉に奥様が涙を浮かべつつ『それは貴方も悪いのではありませんか』と訴えると、ご主人様は『お前が悪いんだ』と、冷ややかに切り捨てたとか」

「………」

それも記憶にある。

「その言葉を奥様は深く恨みに思っていらして、その記憶が蘇《よみがえ》ると『うちの旦那が女の子になってくれればいいのに』といい、ご主人様のいないところでは『そうしたら、私の気苦労を思い知らせてあげられるのに』と呟《つぶや》いていらっしゃいました」

「………」

顔面を蒼白《そうはく》にした夏子は、尋ねる。

「意見を聞きたい。俺がこの体になっていることを鏡子が知ったら、鏡子はどうするだろうか。自身が味わった七回の陣痛を、俺にも与えようとしてくるだろうか？」

「いえ、鏡子奥様の性格を考えるに、きっと倍返しのはずです。ご主人様の行く先には、最低でも十四回の陣痛が待ち構えているでしょう」

成程、なるほど……。

夏子は返答を分析し、そこから一つの確信を得た。

「ラトルスネーク、彼女は本当に夏目《なつめ》家の女中だ。俺の妻に対する理解が深い」

「確信の仕方が最悪すぎる」

英世《ひでよ》は呆《あき》れを隠さない。

「あんたって人は……俺も人間としてはクズもいいところだが、そんな俺でも断言できるぞ。あんたの発言は畜生度が高い」

「今となっては反省している」

「足りん。猛省しろ」

「本当にごめんなさい」

「ったく……木曜会の夏目漱石といえば、今なお多くの表現者が英雄と仰ぐ存在なのに、こうも情けないザマを見ることになるとはな」

やれやれと肩を竦《すく》める英世に、禰子が質問する。

「どうしてご主人様は私のことを覚えておられないのでしょうか」

その点は夏子も気になったところだ。

「確かに変だ。なぜか俺の記憶が抜け落ちている」

夏子と禰子の視線は、自然と英世の方を向いた。

英世は腕組みをしながら答える。

「おそらく、移植の際に脳が何かしらのダメージを負った影響だろう」

「手術は成功したんじゃないのか？」

「成功であることは事実だ。現にあんたはこうして生きている」

「なら、どうして」

「延命治療分の金はもらったが、記憶を保証する分の金は受け取っていないんでね」

利己主義者め、と夏子は毒づく。要は、手術に限界があったということなのだろう。

「つまり俺には、他にも失っている記憶があるかもしれないということか」

噛《か》んで含めるように呟いて、ふと気付く。

「思い出す限り、俺の弟子たちにまともな奴《やつ》が少ないんだが……もしかしてこれも手術の影響か？　俺がまともな弟子の存在を思い出せていないだけか？」

「申し上げにくいのですが、その点についてはご主人様の記憶は正常だと思います」

一縷《いちる》の望みも簡子に否定された。

木曜会メンバーに対する理解も深い様子だ。

英世が裏を取っている点からしても、元女中という話は信用するべきなのだろう。

「とにかく、このガキがあんたへの餞《はなむけ》だ」

英世が場を仕切り直す。

「あんたが神田高等女学校の教師として過ごす間、こいつが神田高等女学校の生徒としてあんたの傍《そば》にいる。適度な距離を維持しつつ、護衛の役割を務める」

「分かった。しかし、こんな子どもを巻き込むことになるとは」

「子どもとはいえ、そこらの大人より役立つはずだ。何せ俺が直々に鍛えている」

会津式でな、と英世が付け加える。

会津は戊辰《ぼしん》戦争において、多数の子どもを動員したことで知られている。察するに英世は会津出身なのだろう。だから夏子とは考え方が違う。

彼は十六歳という年齢を、兵役に適したものと見ているのだ。

「それで、ラトルスネーク。お前はどうするんだ？」

「俺には俺の思惑ってやつがあってな。ここから先は別行動。悪いが、あんたの御守《おも》りはこれっきりだ。寂しくなるか？」

「清々するさ」

「だろうな。俺も同じだ」

この一か月半で、憎まれ口をたたき合う程度の間柄にはなっている。

互いに皮肉な笑いで唇をゆがめ合う。

別れの挨拶はそれで十分だ。

「後はお前に任せる。しくじるなよ」

英世は禰子にそう言い残し、部屋を退出していく。

彼の背中を見送って、夏子はそっと呟いた。

「――感謝する」


英世と別れ、禰子との縁を手に入れた。

いや、縁を結びなおしたというべきか。

禰子に見守られつつ、残された八月は足早に過ぎていき。

そして九月がやってくる。

【月が綺麗ですね《つきがきれいですね》】 史実

漱石が英語教師だったとき、学生が「I Love you」の翻訳に困っていた際に、日本人はそのように直接的に愛情表現をしないから「月が綺麗ですね」とでも翻訳しておくようにとした逸話がよく知られている。

しかしこの話には明確な根拠がなくだいぶ時代を下ってから小田《おだ》島雄志《しまゆうし》『珈琲店のシェイクスピア』（1978年）のなかで、劇作家のつかこうへいが夏目漱石の有名な話として「月がとっても青いから」と翻訳したと紹介しているなど、ある種の伝説として広がっているものだ。

内容的に近いのは、詩人である堀口大学の父である堀口九萬一が雑誌『女性』1926年12月号に掲載した「海外日記抄」という文章。ここで、九萬一が「I Love you」を自身が訳せないで困っているときのイタリア人書記官とのやりとりが書かれている。

また、「月が綺麗」だという会話が恋愛関係にある二人のあいだで交わされるというのは、明治時代から大正時代にかけてしばしば言われていた。たとえば、大正時代に活躍した画家の竹久夢二《たけひさゆめじ》は、自身の短編小説や詩をまとめた『絵入恋愛秘語《えいりれんあいひご》』（1924年）で、「月が綺麗ね」と彼女が言ったとき、「仰いで月を見る男は馬鹿だ」と書いている。

【木曜会《もくよう・かい》】 史実

作家となった夏目漱石のもとには、教員時代の多くの教え子たちが出入りしていた。そこで漱石は毎週木曜の午後3時以降に面会日を決め、それが木曜会と呼ばれた。小宮豊隆《こみやとよたか》、鈴木三《すずきみ》重吉《えきち》、森田《もりた》草平《そうへい》などのほか、芥《あくた》川龍之介《がわりゅうのすけ》なども参加している。

【武装組織《ぶそうそしき》『木曜会《もくよう・かい》』】 虚構

作家への弾圧に抵抗するため夏目漱石が結成した武装組織。寺田寅彦や芥川龍之介など様々な作家たちによって構成され、弾圧への抑止力として覇名を轟かせた。

だが、その軍事力は政府に危険視され、やがて政府による司令官・夏目漱石の暗殺―『修善寺の大患』に繋がることになる。

【森鷗外《もり・おうがい》】 史実

軍医のトップである陸軍省医務局長まで務めた軍人としての森鷗外は、非常に生真面目な一面があった。長男・森於菟が書いた『父親としての森鷗外』には、父は元気盛んな時代には家でも多く軍服で過し」と書かれており、日常でも「軍人」として過ごしていたことが窺われる。

【森鷗外《もり・おうがい》】 虚構

夏目漱石と共に時代を彩った文豪。陸軍の軍医総監であるため、政府に立ち向かう漱石と敵対関係となるが、友誼は保ち続けていた。情と業が深く、漱石の救命のためなら医療倫理すら無視する。漱石の復活を助ける反面、復活した漱石を警戒してスパイを送り込んでくるなど、一筋縄ではいかない人物。

COLUMN

三章　吾輩《わがはい》は禰子《ねこ》である

吾輩は禰子である。名字《なまえ》は蒔田内《まだない》。

どこで生まれたかとんと見当がつかぬ身。孤児として帝都に放り出され、縁あって夏目家の女中としてもらい、今はご主人様の護衛として女学生を演じている。

禰子という名は本物だが、蒔田内という名字は仮初だ。

薄暗くじめじめした性格の師匠から、護衛任務と共に授けられたものだ。

この師匠というのが野口《のぐち》英世といい、人間中でいちばん獰悪《どうあく》な個体であった——と。

蒔田内禰子はそう述懐する。


月明けて、九月一日。

禰子は、神田高等女学校の講堂に整列する女学生の中にいる。

西洋に倣《なら》い九月入学制としている神田高等女学校は、今日から新学期が始まる。

新入生にとっては入学式であり、在校生には一つ学年を昇るための祭典がある。

禰子はそこに放り込まれた。貴族の家柄の転入生という設定だ。

『天璋院《てんしょういん》様の御祐筆《ゆうひつ》の妹のお嫁にいった先の御っかさんの甥《おい》の娘』

これが神田高等女学校における禰子の立場である。

設定を禰子に押し付けたのは、英世だった。

『実在の名家の娘として売り込むとボロが出る。だから設定を盛る。相手が情報を正確に把握できないくらい盛って、煙《けむ》に巻く』

とまぁ、このような理屈らしい。

『本当はもっと長く……外郎売《ういろうう》りくらい長くしたかったが、お前は市川團十郎《いちかわだんじゅうろう》ではないのでこの程度にしといてやった。俺の配慮をありがたく思いながら、貴族の娘として女学校に潜入し、樋口《ひぐち》夏子を守れ』

そう英世は嘯《うそぶ》いていたが、禰子にとってはまだ長すぎる。覚えるのに苦労した。

それでも禰子は頑張った。そして覚え切った。

先ほども他の女学生が「そちらのお方、自己紹介をいただけます？」と請《こ》うてきたので「天璋院様の御祐筆の妹のお嫁にいった先の御っかさんの男の娘」とパーフェクトに答えておいた。

人間やればできるものである。

やりとげた充実感を噛みしめながら、式に参列している禰子であった。

祭典では、新任の教師が紹介される機会がある。

今まさに。禰子の見守る先に。

夏子《なつこ》が神田高等女学校の講堂に登壇し、眼下に並ぶ女学生たちに微笑《ほほえ》みかけていた。

「五年生を担当される先生よりご挨拶いただきます。新任の樋口先生、お願いします」

司会の先生に促され、夏子が深く一礼した。

「本日より神田高等女学校の教師となります、樋口夏子です。貞淑たれ、美しくあれ——本校の心得を胸に刻み、皆さんと素敵な時間を過ごしたいと思います。どうぞ、よろしくお願いします」

洗練された所作が、場に感嘆を生む。

今度の先生はどこの良家のお人かしら、と女学生たちがざわめいている。

鳴り響く拍手は、新しい教師・樋口夏子への歓迎の表れだ。

(ご主人様はやはり凄《すご》い！)

禰子も拍手を送りつつ、心の中で夏子を称賛する。

頭の中身は四十半ばの中年男性でありながら、完璧に淑女をなぞり切る。

登壇するまでに果てしない苦労があったことは窺《うかが》い知れた。

（きっとご主人様も、地獄を潜《くぐ》り抜けてきたのですね）

地獄。

野口英世による特訓を、禰子はそう呼称して憚《はばか》らない。

彼は禰子を護衛に仕立て上げるため、拳による制裁を惜しまなかった。

英世の言う会津式教育とは、畢竟《ひっきょう》するに、大義のために死ねる兵を作り出すこと。

歴史に例を求めるなら白虎隊《びゃっこたい》。あるいは爆弾三勇士か。

英世は禰子の命を惜しむ心を拳で砕き割り、夏子のためなら喜んで命を差し出す精神に作り替えようとしていた。

けれども、夏子のために命を投げ出す覚悟を、既に禰子は持ち合わせていた。

その恩義はかつてかけられた多大なご恩に由来するものであるが、その記憶は夏子の脳から抜け落ちているようだ。

それでもいい、と禰子は割り切った。

夏子が覚えていようがいまいが、恩を忘れず忠を尽くす。

それが自分の在り方だと、禰子は考えていた。

かくして訓練中の拳による制裁は禰子の覚悟を折らず、むしろ鉄より固い覚悟へと鍛造した。

(ご主人様はもう死なせません。私が必ずお守りします)

華やかな乙女たちの中、禰子の静かな覚悟が燃える。

(ですが、確かめないといけないことが――)


やがて式典が終わる。

禰子は夏子に近づいた。

「樋口先生、少しよろしいでしょうか」

「あら、あなたは転入生の蒔田内さんね。どのような御用でしょう」

「不躾《ぶしつけ》で申し訳ございませんが、内密にお話ししたいことがあるのです」

「構いませんよ」

にこやかに微笑む夏子を、禰子は「こちらへ」と誘導する。

二人が足を運んだ先は校舎裏。人の気配のない場所だ。

夏子が少しだけ小首をかしげる。

「あの、蒔田内さん。このような場所で、一体私になにを……」

夏子が尋ねた瞬間。

禰子は着衣の中に手を入れ、鋭いナイフを取り出し、夏子の首に刃《やいば》を添わせる。

同時に夏子も太股《ふともも》に添え隠していた自動拳銃を抜き、安全装置を解除していた。

互いに得物を構え、相手の急所を狙い合う。

穏やかな女の園が、ここだけ命の鉄火場と化している。

先ほどまで確かに秋の気配を運んでいた風が、息を呑《の》むように凪《な》いでいた。

「…………」

「…………」

両者無言の時間を置く。

「……かつての反射神経は戻りつつあるんですね。ご自分が夏目漱石《なつめそうせき》であることは忘れていないということですか」

禰子はナイフをゆっくりと仕舞う。

呼応して夏子も警戒を解いた。

「当たり前だ。女教師の役を演じていても、木曜会の司令官の自覚はある」

「失礼しました。あまりに女教師の御姿が馴染《なじ》んでいたので」

「ラトルスネークに吹き込まれたか。適度に俺を襲撃し、回復状況を確認しろと」

「心苦しくはあるのですが、ご主人様の御身安全を願うならやれと言われました」

「構わん。俺も適度な緊張感なら歓迎だ」

夏子が周囲を見回す。

誰もいないことを確認すると、会話を続ける。

「政府や社会主義者にとって俺の首は値千金だったらしいからな。俺がここの教師として生存していることを悟られたら、ここにまた小銃榴弾《ライフルグレネード》が撃ち込まれることもありえる。俺のせいで他の奴《やつ》らが巻き込まれるのは、もう御免だ」

禰子は理解する。

今、夏子の脳裏には、共に『吾輩は猫である』の生みの苦しみを味わった編集者・高浜《たかはま》虚子《きょし》の顔が浮かんでいるのだろう。

彼も修善寺《しゅぜんじ》の大患の当事者である。

客として漱石を訪ねた折、攻撃に巻き込まれた。

命は保ったが、榴弾により傷を負ったという。

痛ましい出来事だった。

もう虚子のような犠牲者を出してはならないと、夏子は思っているはずだ。

と——

夏子が唇の端に笑みを浮かべる。

「禰子、ありがとう」

そう言われ、禰子は困惑する。

礼を述べられる意味を摑《つか》みかねたのだ。

「お前は護衛のため俺に付き合い、女学生にまでなってくれた。助かる」

「ご主人様をお守りするのは、私の願うところです」

納得し、禰子は大真面目な顔で胸を張った。

Ⓚ

貞淑たれ、美しくあれ。

その言葉が校是となっている神田高等女学校は、何もかもが麗《うるわ》しい。

美麗な校舎、時を告げる鐘楼の重くも上品な響き、集う女学生の顔《かんばせ》も。

一学年二十人、総学生数は百人の小所帯にも拘《かか》わらず運営が成り立っているのは、学生たちの実家の太さゆえ。校舎を構成する赤煉瓦《れんが》の一体何割が寄付金でできているやら。

九月上旬。禰子は学生として初授業を受ける。

最初の授業はお誂《あつら》え向きにも夏子の授業。

教室の戸が開き、夏子が入室する。

教室内の乙女たちは、新たな教師の洗練された佇《たたず》まいにため息を吐《つ》いた。

夏子が穏やかに微笑むと、乙女たちも笑顔になる。

この美しくも優しげな先生となら楽しく過ごせそう——そんな心証を抱いたか。

(甘いですよ)

周囲の反応とは裏腹に、禰子《ねこ》は内心で冷や汗をかいていた。


禰子は知っている。

かつて夏目漱石は、苛烈な授業で学生たちを恐怖させていたと。

『仏の井上《いのうえ》、鬼木村《きむら》、夏目受けるな鬼より怖い』

これは帝国大学の先輩たちが、まだ何も知らぬ後輩に唄って聞かせる警句である。

英文学なら井上教授の講義を受けよ。木村教授だと辛《つら》く、夏目に至っては論外であると学生たちは噂《うわさ》し合った。

底意地の悪い先輩なんかは『仏の夏目——』と唄って、無垢《むく》な後輩たちを漱石の英文学講義に放り込んだという。

そのような犠牲者たちは、漱石が学生たちに求める語源学《エティモロジー》の水準の高さについていけず、単位を落としていったらしい。

ただ、授業が不人気だったかというと、そうでもない。

学生側も帝国大学の受験を突破してきた猛者《もさ》ばかりである。

郷里では末は博士か大臣かと言われてきた彼らは、最高級に難しい講義を受けようとする気概に溢《あふ》れていた。

漱石の授業の鬼畜性が広め伝えられるほど、彼らは漱石の講義に挑んでいく。

結果、漱石の講義は人気になった。

とはいえ。

ここに集う乙女たちは、帝国大学に集っていたような学業の死兵たちではない。

帝国大学教授時代のフルパワー授業をやったら、死屍累々《ししるいるい》であろう。

今まさに、教室中の視線を一身に集め、夏子が授業を始める。

その授業は驚くほど――凡庸だった。

難しくもなく易しくもない。

内容が頭にすっと入り込み、そのまますっと抜け去っていく。後には何も残らない。

おかしい、と禰子は思った。

かつては帝国大学の学生たちを恐怖させ、同時に魅了した教師の授業が、こんなものであるはずもない。

（まさか、ご主人様――）

禰子は一つの可能性に行き着いた。

（脳移植の後遺症で、授業の仕方の記憶を失っておられるのですか？）

その仮説の答え合わせは、放課後に行われることになる。

放課後。

校舎から寮棟に戻る道すがら、禰子は夏子《なつこ》に会いにいく。

二人の待ち合わせ場所は空き教室だ。

入室すると、夏子が待っていた。白魚のような指で何かを弄んでいる。

見れば、銃弾である。それもダムダム弾という対人殺傷に秀《ひい》でた弾丸だ。

夏目漱石は殺しを嫌う。木曜会の司令官として警官隊と戦うときも、非殺傷性のゴム弾を用いていた。

そんな漱石が常にダムダム弾を用意していたのは、狙うべき敵がいたから。

それは、親友である正岡子規《まさおかしき》を惨殺《ざんさつ》して脳を奪った、正体不明の怨敵・ブレインイータ

――。

漱石は会敵に備えダムダム弾を持ち歩き、夏子になってもそれは続いていた。

また、イライラしている時にダムダム弾を弄ぶ癖も変わっていなかった。

「苛立《いらだ》ってらっしゃるようですね」

禰子が会話の口火を切ると、夏子はぶっきらぼうに「ああ」と返す。

「校長に、授業は手を抜くよう言われてな」

「校長先生が？」

「俺は生徒たちに、自ら学び考える力を会得《えとく》してもらう授業を組もうとした。だが、校長が俺を見咎《みとが》めたんだ。そのような授業は神田高等女学校にふさわしくないと」

どうして、と禰子が問えば、夏子は苛立ちを隠さぬままに言う。

「神田高等女学校は、中流から上流の家庭が子女を入学させる。そんな家々が自らの娘たちに求めることは何だと思う？　良い縁談を結ぶことだ」

「政略結婚ということでしょうか」

禰子も事情は読み取れた。

「ああ、そうだ。中流の家は上流の家に娘を嫁がせることで成り上がりを企図し、上流の家はより高貴な家との縁談で自らの家名を維持しようとする。必然、ここに集う子女たちは、良い女に育つことが求められる」

「良い女とは？」

「見目麗《みめうるわ》しいことは当然として、頭の可愛《かわい》らしさも欠かせない。要は、馬鹿な娘ほど可愛いということだ」

「ご主人様がいちばん嫌いな女じゃないですか、それ」

「全くだ。何が悲しくてタイプでない女を量産しなきゃならんのだ……違う！」

そういうんじゃないから、と夏子が語を添える。

「俺の女性観の話ではなく、教育を任された身として苛立っている。貴族の結婚のために都合のいい人格に女学生を最適化せよなどと、ふざけた話だ。全くもって……」

ブツブツと不平を並べる夏子。

じゃあ反逆しちゃえばいいじゃないですか、と禰子が言う。

夏子は首を横に振った。そうはいかない事情があるらしい。

「政府筋やブレインイーターに気付かれぬためには、波風立てぬ生活を送る必要がある。また、俺に神田高等女学校を斡旋《あっせん》してくれた森《もり》先生の面子《メンツ》を思えば、軽々に校長に反旗を翻《ひるがえ》せん」

森鷗外《おうがい》は、漱石と縁深い樋口一葉《ひぐちいちよう》の才能を見出《みいだ》し、支えてくれていた御仁だという。

夏子としても恩義があり、迷惑をかけたくないのであろうということは伝わった。

「くそっ、新しい生活は平穏無事にと思っていたんだが、出だしで転びそうだ」

「ご主人様の小説には『太平は死ななければ得られぬ』とありましたっけ」

「俺の場合、死んでも太平が得られなかったが」

「元婚約者の体で復活ですもんね。けれど、安心しました」

「何が？」

「ご主人様の授業がつまらなかったのは、脳に傷があったからではなく、ご事情あってのことだと分かったからです。ひとまずご無事なのが何よりです」

禰子は微笑《ほほえ》んだ。

自分の微笑に如何《いか》ばかりの薬効があるのかは分からなかったが、禰子の微笑は、夏子の顔に多少の余裕を取り戻させた。

こうして波乱含みの初日が幕を下ろした。

Ⓚ

神田高等女学校の卒業生は異様に少ない。卒業率は二割に満たない。

何故《なぜ》か。

これは神田高等女学校に限ったことではないのだが、高等女学校の女学生たちが誉れとするのは寿退学である。

在学中に良い男に見初められ、「君が卒業するまで待てないよハニー！」と求婚され、彼の逞《たくま》しい腕に抱かれながら学校に退学届を突き付けることが、この時代の女学生たちの憧れだったのだ。

だが、寿退学を尊ぶ風潮は良からぬ面も持つ。

寿退学への憧れが過熱していくなかで「寿退学できずに卒業していく女は負け犬」なる価値観も生まれてしまったのだ。

ここに目を付けたのが神田高等女学校だった。

校長は良家の方々に自らの学校を売り込んだ。

――我が校は寿退学率が極めて高く、卒業などさせません！

――ご息女をお預けいただければ、寿退学させてみせます！

――ご息女が無事に卒業してしまうなんてことは一門の恥！

――大丈夫、大丈夫。全て我が神田高等女学校にお任せを！

このように、お前は本当に教育者なのかと疑いたくなるようなセールストークで、校長は名家に神田高等女学校を売り込むことに成功した。

更に、思うように寿退学が進まなくなり、このままでは無事卒業してしまう学生が増えると見るや、校長は次の手を打った。

就学期間の延長である。

四年生が終われば卒業というところ、五年生を新たに設けることで、卒業までの期間を延長したのだ。

そして五年生を受け持つことになったのが夏子である。

そう。夏子の役目は女学生たちを無事卒業させることではない。

むしろ逆である。

乙女たちを誰一人として卒業させないことを求められているのだ。

帝国大学の教授を務めた経験のある者にとって、この役目は不愉快なものであった。

それでも夏子は、この学校を斡旋した鷗外の顔を立て、一応は校是に従った。

心を殺し、優しい女教師の仮面を被《かぶ》り、適当に授業をやった。己の心を誤魔化し帳尻を合わせる、粉飾会計を重ねるような日々を送っていた。

日々を送るごとに、ダムダム弾を弄ぶ時間が長くなっていった。

その様子を見ている禰子の胸には、不安が堆《うずたか》く積もっていく。

（ご主人様の堪忍袋《かんにんぶくろ》がそろそろ限界です）

これは禰子《ねこ》の分析結果である。

（何かきっかけが……些細《ささい》な事件が起きでもしたら、ご主人様がブチ切れます）

これも禰子の分析結果である。

可憐《かれん》な女教師の中に澱《おり》のように堆積する鬱屈は可燃性だ。

火が点けば、全てを焼き尽くすことだろう。

そしていよいよ、神田高等女学校に審判の日がやって来る。


禰子のクラスに、学級委員の織部薫《おりべかおる》という女学生がいる。

転入生（という設定）の禰子に色々と世話を焼いてくれた子だ。

彼女が学級委員という立場を望んだかはさておき、学級委員として求められる真面目さや優しさという要素を、全て兼ね備えた少女である。

九月下旬のある日のこと。

彼女が職員室に連行された。

罪状は医学書の所持であった。

どうやら彼女は、良妻賢母を育成する神田高等女学校の中に在りつつ、医者になることを欲《ほっ》したらしい。校是に反するので、彼女は職員室で取り調べを受けた。

夏子が色々と彼女を弁護しているようだが、所詮は新任教師の言葉である。中々相手にされていない。

禰子は廊下側から職員室の戸に張り付いて、会話を盗み聞いている。

処分については、初犯であるのでひとまず放免という形で落ち着きそうである。

ただし、薫が自分の夢に決別することが条件だった。

『厳しい処分を下されたくなければ、自分の手で医学書を破りたまえ』

そんな声が聞こえた。かすかに聞こえる泣き声は、きっと薫のものだろう。

今、職員室という衆人環視の場で、薫が夢を捨てさせられようとしている。

（マズいです）

禰子は焦《あせ》る。

文学少女を大人たちが集団で責めつけるこの状況を、夏子が捨て置くとも思えない。

彼女が強硬手段に及ぶことも考えられた。職員室にいる誰もが知らないことだが、夏子の太股《ふともも》には拳銃が備え付けられ、今か今かと出番を待ち続けているのだ。

「……！」

禰子は電撃的に行動した。

夏子との会合でよく使う空き教室。そこに向かい、服の中に隠し持つナイフを取り出して構える。ナイフの柄《つか》をガラス窓に打ちこめば、澄んだ破砕音と共に、ガラスが舞った。

もう一枚、続けて一枚とガラスを割り、叫ぶ。

「助けて！　暴漢です！」

叫べば、校内中が浮足立った。

何せここはお嬢様校。四方を塀に囲まれた場。

そこに暴漢の侵入を許せば、信頼毀損も甚だしい。

事態の収拾のために学校側は、我の全力を投下してくるはずだ。

その後の展開は読み通りだった。

校舎の床が楽器であるかの如《ごと》く踏み鳴らされ、馬の嘶《いなな》きのように鬨《とき》の声が上がり、棒や定規やらを持った教職員たちが押し寄せてくる。

薫に割く意識のリソースなど、彼らの頭に最早《もはや》ない。

無論、暴漢は幻。通報者である禰子も早々に場から離脱している。

教員たちは幻の暴漢を探し回ることになり、薫は追及から解放されたはず。

後は喧騒《けんそう》に紛れ、狼狽《うろた》える学友たちに合流し、ひたすら狼狽える演技をした。

そのうち一人の男性教員が現れ、場を宥《なだ》める。

「暴漢侵入の報があったが、大丈夫である。君らは俺たちが守るので、大丈夫である」

そう告げる彼の目は、生徒たちを守るという気概に満ちている。

禰子にはそれが不思議に見えた。

彼は先ほどまで職員室で薫を責め立てた一人で、禰子からしてみれば嫌な奴《やつ》である。

けれども今の彼の瞳を見て、これが悪人の目だとも思えなかった。

結局、鋳型《いがた》に流し込んだようなコテコテの悪党など、芝居の中にしかいないものだ——

そう禰子は学んだ。

Ⓚ

「やはりお前の仕業だったか」

「出過ぎた真似《まね》をしました」

「いや、お前の機転に助けられたので褒めている」

夜。寮の一角にある夏子の部屋で、禰子と夏子は語り合う。

「俺はもう我慢ならん」

夏子は言った。

激情に唐辛子を少々加え、それを地獄の釜で煮たような熱く辛い言葉であった。

「この学校は駄目だ。特に校是はバカだ。打ち破らなくては息が詰まる」

「ご主人様が本気であることは知れます。でも、どうします？　この学校の校是を変えるために、また木曜会を参集します？」

「バカ言え。それこそ大事だ。俺の存在を知らしめることになる」

「露見しないよう内緒で集めれば……」

「援軍は呼ぶな。絶対にバレるから」

夏子はピシャリと断言した。

「では、ご自分だけで事を成すと？」

問うと、夏子は鷹揚《おうよう》に頷《うなず》き、不敵に笑う。

「この学校の無粋は堪能《たんのう》しつくした。もう十分だ。俺の本気を見せてやる」

嘯《うそぶ》いた夏子が浮かべる表情は、思う存分遊んでいいよと言われた子どものような無垢《むく》がありながら、知恵を披露する場を手に入れた隠者のような練熟の気配もある。

ゾッとするような重圧を感じ、禰子は少し身震いする。

いよいよ見ることができるのだ。

政府としのぎを削り合った文豪・夏目漱石《なつめそうせき》。

その脳が宿る女の、本気の手練手管が。

Ⓚ

夏目漱石は、とある教師を帝国大学から追放したことがある。

教師の名はラフカディオ・ハーンという。日本に帰化し、小泉八雲《こいずみやくも》を名乗った。

この青い目の日本人・小泉八雲はカリスマ性があり、また博識であった。

帝国大学の講師として招聘《しょうへい》されてからは、彼は学生たちに惜しげもなく知識を授けた。

八雲の授業で得られる知識は、学びに貪欲な学生たちにとっては糖蜜よりも甘い蜜であり、彼の授業はいつだって人気であった。

だが、帝国大学は次第に八雲を疎《うと》んじ始めた。

理由は予算である。

八雲に支払われる給与は年額で五〇〇〇円であった。

小学校教員の年収が一〇〇円で、朝日新聞の新入社員の年収が俸給込みで四〇〇円。

出版社の編集長で五〇〇円を超えるかというところで、帝国大学における八雲の上司である文科大学長の年収すら一五〇〇円であるなか、八雲にかかる金額は膨大過ぎた。

帝国大学は八雲を排除することを決意した。

そして、八雲にお役御免を突き付けるべく、八雲の代わりとなる者を用意した。

それが夏目漱石である。帝国大学からの年俸は八〇〇円とされた。

言ってしまえば漱石は、八雲を排除するために帝国大学によって招かれたのだ。


漱石が望んだことではなかったが、漱石は八雲を大学から追い出した。

八雲を信奉する学生たちは、八雲を追い出して教師になった漱石を認めなかった。

彼らは漱石の授業をボイコットした。漱石はまず、彼らからの信頼を勝ち取るために、悪戦苦闘をすることになった。

漱石は就任当初から、小泉八雲というあまりにも偉大な知の巨人の影響力と戦い続けていた。それは八雲が帝国大学に残した呪いでもあった。

漱石は呪いを一身に受けつつ、帝国大学に己を置き続けた。

八雲の影響力を乗り越えようと奮闘する漱石は、カリスマを宿すようになる。

人を惹《ひ》きつける圧倒的なカリスマは、八雲に宿っていたものと似通っていた。

後に木曜会のトップとして発揮することになるこのカリスマは、八雲との縁によって目覚めたものと言ってもいい。

さて。

小泉八雲という見えざる強敵に挑戦し続けた者が、本気で権力闘争を始めたら、一体どうなるのだろうか。

その答えが明らかになるのは、十日後のことだ。

禰子が側聞するに、職員会議で学校改革案が了承されたとのことである。

良妻賢母の育成という校是を見直し、生徒たちの自主性を重んじる方針に舵《かじ》を切ったのだそうだ。学問も大いにやり給《たま》えという話である。

発案は校長。共同提出者は教頭。賛同者は全ての教員たちだ。

無論、裏には夏子がいる。

教員各々《おのおの》の納得には個人差があるが、夏子は全員に改革案を呑《の》ませた。

政府と渡り合った夏子であるから、こんな女学校の制圧なんて余裕なのだ。

抵抗する者もいたが、最後には夏子の前に膝を屈した。

夏子は暴力を用いなかったが、謀略は存分に用いた。

本丸である校長に要求案を見せた時には、既に外堀は全て埋めてある。あとは総攻めを行うのみといった具合だ。

季節は深秋だが、状況は夏の陣であった。

夏子は宣言どおり、一人で神田高等女学校を乗っ取ってしまったのだ。

発案を校長とし、自身はその裏に隠れるという周到さで。


「下らん戦いだった」

いつもの空き教室で、夏子が淡白な感想を漏らす。

小泉八雲や政府との抗争と比べれば、取るに足らない政治劇であったのだろう。

「流石《さすが》ですご主人様。木曜会を参集しなくても、一拠点を制圧してしまうなんて」

禰子《ねこ》が褒める。夏子はため息を吐《つ》く。

「禰子、ここでは木曜会メンバーを集めることは、絶対に不可能なんだ」

「やけに断言しますね」

「気付いていないのか？」

ふと、夏子が教室の戸に呼びかける。

「いるんだろう。入ってきていいぞ」

えっ？　と禰子が目を丸くすると、呼びかけに応じて戸が開いた。

そこに立っていたのは、白髪を短く刈り込んだ、目元が笑み皺《じわ》でくしゃくしゃな老人であった。

禰子にとっても見覚えのある顔である。

確か、神田高等女学校の庶務係の爺《じい》さんで、名は藤田《ふじた》といったか。

「これはこれは。お気付きでしたか」

からからと笑う老人——藤田は、夏子の使う男言葉に違和を覚えた様子がない。

まるで夏子の正体を最初から知っているかのようだった。

「禰子、彼の正体は察するか？」

夏子に問いを投げかけられた。

禰子は眼前の老人を分析する。一見すればただの好々爺《こうこうや》。だが——

「正体は分かりませんが、気配が似た人を知っています」

「誰だ？」

「寺田《てらだ》さんです。今の藤田さんの佇《たたず》まいに、寺田寅彦《とらひこ》さんに似た気配があります」

「ほほう」

藤田が笑う。目元の皺が更に増した。

「いやはや、木曜会最強の剣豪の名を引き合いに出していただくのは、この老骨には過ぎた栄誉ですな」

「つまらん謙遜だ。その処世術、俺の兄から習ったか？」

「大助《だいすけ》さんには何かにつけ教えをいただきました。簿記の仕訳、貸借対照表に損益計算書。それに所得税の計算方法も……」

大助というのは漱石の兄であったと禰子は思い至る。

警視庁勤めで、既に他界しているはず。この老人は警察の関係者だろうか。

「紹介しておこうか。この御仁は藤田五郎《ごろう》という。今はこの学校の庶務と会計を任されているが、昔は警視庁の会計課に籍を置き、俺の兄の部下だった」

まず夏子《なつこ》はそこまで説明し、少しの溜《た》めを置いて、説明を足す。

「そして彼は、森《もり》先生が神田高等女学校に送り込んだ、俺の監視役さ」

禰子は目を丸くする。

どうやら鷗外《おうがい》は、内密に手駒を送り込んでいたらしい。

正体を指摘された藤田は弱ったように首を振る。

「いやいやそんな、監視など響きの悪い……どうぞ護衛と言ってやってくださいな」

「呼び方はさておき、お前は森先生に、俺たちの動きを報告していたな？」

「それもお気付きでしたか」

「当然」

頷く夏子の横で、禰子の目は泳ぐ。

（全く気付かなかったです。私以外に、思惑あって忍び込んだ人がいたなんて……）

甘かった、と禰子は恥じる。

鷗外は夏目漱石と深い親交があった一方、陸軍の軍医総監であるため、木曜会とは対立関係なのだ。

夏子を世に送り出すことが、虎に翼をつけて野に放つことにならぬよう、保険をかけておいたのだろう。

仮に禰子が提案したとおり木曜会を参集していれば、鷗外に筒抜けになって、大問題に発展していたかもしれない。

夏子はそれを看破していた。

けれど禰子は気付けなかった。それが口惜《くちお》しい。

「ああ、お嬢さん。そう気落ちなさらず」

藤田が気遣わしげに声をかけてくる。

「この身は昔から、諜報《ちょうほう》だとかの薄暗い仕事に関わり、そこそこ腕に覚えはある方です。自慢じゃありませんが、お気付きにならないのも無理はないかと。や、恐縮です……」

落ち込む禰子に対し、藤田がペコペコと頭を下げて慰めてくる始末。

その心遣いが、今の禰子には痛かった。

「こちらは敵対する気などございません。まぁ、上手《うま》くやっていきましょうや」

場を濁すように藤田が言う。

美の神が定規と分度器を手にデッサンしたのかと思われるような美貌に余裕を宿して、夏子が鷹揚《おうよう》に頷《うなず》く。

鷗外から監視役を送り込まれても、夏子の余裕は崩れなかった。

だが、その余裕もしばらく見納め。

夏子の想定を超える事態がやってくるのは、間もなくのことだ。

四章　初恋

まだあげ初めし前髪の
林檎《りんご》のもとに見えしとき
前にさしたる花櫛《はなぐし》の
花ある君と思ひけり

やさしく白き手をのべて
林檎をわれにあたへしは
薄紅の秋の実に
人こひ初めしはじめなり

丸っこい字が千代紙に並び、詩を形成していた。
夏子には見覚えがある詩だった。
これは作家・島崎藤村《しまざきとうそん》の『初恋』だ。

とある夜。寮の一室ではランプの灯《あか》りが揺れている。

夏子の目線も揺れていた。心も動揺のあまりグラグラしていた。

「で、ご主人様。そろそろ答えをお聞かせください」

夏子の前には禰子がいる。

心なしか声音は平坦《へいたん》だ。

ジトっとした目つきに、夏子への呆《あき》れが透けていた。

「薫《かおる》さんからの艶文《ラブレター》への返事、どうするんですか？」

無言の夏子にしびれを切らしたのか、禰子が追撃してくる。

そう。

今、夏子を苛《さいな》んでいるのが、手元にある千代紙に書かれた恋の詩だ。

差出人は五年生の学級委員・織部《おりべ》薫。

直接渡すのが恥ずかしいからと、禰子経由で渡されたものだ。

「……ハハッ」

夏子は乾いた笑いを場に落とす。

「け、結論を急ぎ過ぎだ。これがラブレターだと決まったわけじゃない」

「どこからどう見てもラブレターですが？」

「どこからどう見てもって……じゃあ聞くが、お前はラブレターを出した経験は？」

「ないです」

「もらったことは？」

「ないです」

「艶文童貞のくせに『どこからどう見ても』とは理屈に合わんぞ。経験がないのだから、断言できる根拠もないじゃないか」

「童貞じゃありません処女です。あと、ご主人様の往生際《おうじょうぎわ》の悪さに呆れました」

禰子が夏子の手から千代紙を取り上げ、眼前に突きつけてくる。

「この詩で重要なのは後半部です。『優しく白い手を伸ばして、私に林檎をくれた貴女《あなた》。貴女がくれた薄紅の秋の実を見て、私は初めて人を好きになりました』です。ではこれを読み解いていきましょう」

「やめて。解説で俺を追い詰めないで」

「林檎とは聖書で言う知恵の実です。知恵の実を授けてくれたと訳すことができます。知恵の実とは、つまり学問のことでしょう」

「なんでお前、こんな時だけキレッキレなんだよ!?」

藤田五郎の件は見破れなかったくせに！　と毒づく夏子だが、追及は止まらない。

「諦めていた学問を授けてくれた人がいて、その人のことを本気で愛してしまった——という意味で『初恋』を送ってきたのでしょう。さて、その人とはいったい誰でしょうか？」

「……ラトルスネークのことじゃないのか？　女に知恵の実を授けるのはヘビの役目だと相場が決まっているからな」

「ご主人様、見苦しいです」

すっとぼける夏子を、本気のジト目が襲う。

「いい加減に観念してください。薫さんは職員室の一件の当事者ですから、学校改革案の裏に夏子先生——ご主人様がいることに気付いていたんです。お医者様を目指す薫さんの夢を救ったことで、薫さんはご主人様に恋慕してしまったのです」

夏子は頭を抱えた。流石《さすが》に想定外の出来事であった。

「どうすればいいんだろうか」

「どうすればいいんでしょうね？」

禰子は他人事《ひとごと》といった様子だ。情けない姿をさらす夏子への呆れが前面に出ている。

夏子に日頃向けている敬意も、この時は鳴りを潜めていた。

「前提として、俺は彼女の想《おも》いに応えることはできない」

「その理由は？」

「道義的問題がある」

可憐《かれん》な女学生を誑《たぶら》かす女教師など、世間体が悪すぎる。

外に漏れたら、確実に世論を敵に回すだろう。

ある意味、自分の正体が夏目漱石《なつめそうせき》であることが露見するよりも致命的かもしれない。

だから断った方がいいのだと、夏子は説く。

禰子は何やら思案している。やがて彼女が言う。

「多分、薫さんは納得しませんよ。『私たちの関係は絶対に秘密にしますので』と言って食い下がってくるでしょう」

「秘密を守るのは難しい。特に、万朝報《よろずちょうほう》があるこの世では」

万朝報。

かつて東京一と謳《うた》われた新聞である。

現在は東京一位の座を他の新聞に明け渡しているが、最盛期には凄《すさ》まじい売り上げを誇っていた。

特に権力者のプライバシーを暴き出すことにおいては容赦なく、万朝報の新聞記者は諜報機関さながらの情報収集能力ゆえに『よろず諜報』と呼ばれ、怖《おそ》れられていた。

そして、彼らの嗅覚が特に冴《さ》えわたるのはゴシップ記事である。

貴族の娘たちが集う乙女の園・神田高等女学校にて、麗《うるわ》しき女教師が若い果実をつまみ食い——そんな美味《おい》しそうな情報が、彼らの鼻に引っかからないはずもないのだ。

もし夏子《なつこ》が薫と関係を持ったら、やがて記者たちがやってくることだろう。

記者たちは新聞の売り上げのため、二人の関係性を大げさに記事にするだろう。

だから薫の想いには応えられないのだ。

自分のためでもあり、薫のためでもあるのだ。

「彼女のためを思うなら、俺は彼女を拒絶する必要がある」

夏子は自分に言い聞かせるように呟《つぶや》く。

「でもご主人様。あまり手酷《てひど》く拒絶すると、薫さんが傷つきます」

「気の毒だが仕方ない。人生には、堪忍《かんにん》すべき痛みというものがある」

「傷心のあまり、薫さんが華厳《けごん》の滝から飛び降りるかもしれませんよ？」

「俺に対してその脅し文句はレギュレーション違反なので慎んでほしい」

かつて漱石は帝国大学の教え子・藤村操《ふじむらみさお》に華厳の滝から飛び降り自殺されており、夏子になっても彼の名は、未《いま》だに呪わしい響きを帯びている。

当然、死に場所として選んだ華厳の滝も、夏子にとっては忌《い》まわしい地名だ。

「要は、彼女を傷つけずに拒絶すればいいんだろう？」

仕切りなおすように論点整理する。

「そうです」

禰子が頷く。夏子は言う。

「あと腐れのない拒絶方法について、助言を求めようじゃないか」

「どなたに？」

「……森《もり》先生？」

良い候補が思い浮かばず、苦し紛れに人名を喉から絞り出す。

回答は禰子に顔をしかめさせた。

「私が思いつく限りで最悪の人選ですね。森鷗外《おうがい》先生は、女性との円満な距離の置き方について語る口もなく、説く資格もありません」

「だよな」

じゃあどうするんだよという話である。

煩悶《はんもん》していると、見かねた禰子が提案してくる。

「デートしてあげたらどうですか？」

「でーと？」

「本当なら、冷淡にフッた方がお互いのためなのかもしれないですけれど、薫さんが気の毒ですし、ご主人様にしても気に病むでしょう。恋心には応えられずとも、互いの思い出となる時間なら作ってあげられるのでは？」

「だからこそのデートか。なるほど……」

思案を巡らすと、なかなか良い意見だと思えてきた。

「それでいこう。で、どこに行けばいい」

「それくらいはご自分で考えてください」

禰子が叱るように告げてきた。

Ⓚ

運命の日の空は、澄み渡っていた。

今日、夏子の隣には美少女がいる。

往来の中でキラキラと輝く美貌は、通行人の視線を集め、彼らの足を止めさせていた。

「うふふっ。先生、今日はたっぷり楽しみましょうね」

甘えた声の薫が夏子の隣で笑う。

夏子は「ええ、うん」と気もそぞろな返事。

連れ沿い歩く美貌が二つとあって、周囲の視線が刺さるように向かってくる。

実に居心地が悪い。


十一月の休日のこと。

夏子は薫と浅草に繰り出すことになった。

寮生活を送る神田高等女学校では、休日といえども滅多に敷地《しきち》外に出ることは許されない。彼女たちを箱入り娘状態にしておくためだ。

だが、先だっての学校改革案により少しずつ学校は開放的になってきている。校外学習についても検討されるようになった。

そのため夏子は校外学習の下見として、学級委員である薫を伴い浅草へと向かう……という方便でのデートである。

「先生。私、とてもドキドキしています。心臓が熱くなって、すごく開放的で」

「そうね」

「ねぇ先生。私のドキドキ、触って確かめてみます？」

誘うような眼差《まなざ》しを向けられ、夏子は目を虚空《こくう》に逸《そ》らす。

今の薫《かおる》はどうしようもなく魅力的だ。

化粧も、お洒落《しやれ》な装《よそお》いも、完全に総力戦仕様だ。

多分、彼女の脳内の大本営が『乙女の興廃この一戦にあり』と檄《げき》を飛ばしたのだ。

そうでなければ説明がつかないほどの決戦体制だ。完全に夏子を沈めにきている。


そんなこんなでデート開始である。

まぁ、世の中を眺め直す機会でもある。そう思うことにした。

「先生、まずはどこに行くのですか」

期待に満ちた瞳で薫が聞いてくる。

「そうね、浅草なら仲見世《なかみせ》通りに行くべきでしょうね。それとちょうどこの時期なら浅草に万国屋《ばんこくや》（世界の珍しい物を集めて催しを開催する店）が出ていることでしょう。行ってみましょうか」

「流石は先生です」

彼女の目の中には星が瞬《またた》いているようだ。

二人は電車を乗り継ぎ浅草へと向かう。

浅草の仲見世通りは相変わらずの盛況だった。店に並ぶ品々を見れば心が弾む。料理店が並ぶ様を見ていると、外食するのも面白そうだと思わされる。

「人が多いですね。はぐれてしまいそう」

薫が呟いて、そっと夏子の手を握った。

彼女の体温は熱いくらいだ。

猫を抱いた時に感じる体温とそっくりだった。

「こうすれば人混みでもはぐれませんね」

顔を赤らめて微笑《ほほえ》む薫。

この表情を前にしては、どんなに鈍感な人間だって気付くというものだろう。

彼女は恋をしている。夏子に慕情を向けているのだ。

仲見世通りで目を楽しませた二人は、続いて万国屋に向かう。

店の前では呼び込みの男が声を張り上げていた。

「さぁて、ただいま店の中に並べられるは、古今東西津々浦々の機械人形にございます。職人たちの入神の技芸により、さながら命吹き込まれたる人形たちが、歌い、踊り、皆様の心を楽しませようと創意工夫を凝らすでしょう！」

「面白そうですね、先生！」

「ええ、そうね。入りましょう」

夏子は入場切符を二人分求め、薫と連れ立って薄暗い会場の中に入っていく。

独特のにおいが鼻を突いた。機械油がもたらすものだ。銃の手入れのための油のにおいと似ている。

会場の中には機械が織りなす幻想世界が展開されていた。

黒い目をした日本人形がチョコチョコ動いて緑茶を運ぶ。

その隣では、青い目をした西洋人形が紅茶を運んでいる。

演劇役者を模した人形が二つ、台座に上がっている。和装の男と女の機械人形だ。

男の人形が女の人形を蹴っている構図だ。定期的に、男の人形から声が発される。

『来年ノ　今月今夜ノコノ月ヲ　僕ノ涙デ曇ラセテミセル』

なるほど。どうやら舞台『金色夜叉《こんじきやしゃ》』を機械人形で再現したものらしい。

「わぁぁぁぁ」

相変わらず夏子と手を繋《つな》いでいる（指も絡《から》ませている）薫が感嘆を漏らしている。

このように純粋に催しを楽しめる者と一緒にいると、こちらまで楽しくなってくる。

「楽しいわね」

薫に語り掛ければ、薫は満面の笑みで「はいっ」と応じてきた。

と――。

「あら、これは何かしら」

会場の一角に、目を引くものがあった。

それは豪奢《ごうしゃ》な飾りつけがなされた展示スペースである。

かなり大きく空間を割いており、目玉展示が据え置かれる場所だと分かる。

だが、その展示品がないのだ。

近くにいる係員に尋ねてみる。

「こちらの展示品は、どうしてないのでしょうか」

「ああ、こちらですか。いや、本来であれば、世にも珍しい人造人間を展示するところでしたが、生憎《あいにく》と納品されなかったものでしてねェ」

人造人間？

その単語が強く引っかかった。

単なる興味の発露ではない。どちらかというと警戒感だ。

「人造人間というのは、どのようなものなのです？」

「文字通り、人間が自らの技術力で作り出した、新たなる人間でさァ。正直、あっしには機械人形との区別がとんとつかんのですが、博士曰《いわ》く別物だそうで」

「博士とは？」

「西村《にしむら》真琴《まこと》っていう、若いのに凄《すご》い発明をされる方がいましてね。公式に博士に奉じられているわけではないそうなんですが、あまりに凄いので博士と呼ばれるらしいでさァ」

「ニシムラマコト博士ですか。きっと素晴らしい工学の知識の持ち主なのでしょうね」

「いえ、それが西村博士は生物学の研究が専門でしてねェ」

係員は空っぽの展示スペースの一角を指さす。

作品名が記されたプレートがある。『學天則《がくてんそく》』の三文字が彫られている。

「西村博士が納品してくれるはずだった人造人間の名ですよ。天則とは自然という意味でさァ。かつて博士はこう言っていました――『自然に学びて新たな人間を造って、やがてそれは自然を超越する。故に學天則と名付けた』と。まったく、大言壮語もいいところです。大方、作品の出来が納得いかず、雲隠れしちまったんでしょうなァ」

「雲隠れ？」

「ええ。行方知れずらしくて。まぁ変わり者だったたって話ですから、そういうこともあるでしょうなァ」

「學天則……」

噛《か》み締めるように言葉を呟《つぶや》く。

脳裏に浮かんだのは、かつて一葉《いちよう》が提唱した概念「則天去私」だ。

彼女は大いなる自然を尊重し、自然のままに身を委ねることを選んだ。

対して學天則なる作品は、自然に学び、自然を超越することを企図したものだという。

生まれ落ちて四十数年。一葉の体になって数か月。

生涯の間に、則天去私と學天則という、大きく隔たる二つの考え方に触れている。

夏子《なつこ》は大きな二つの思想に挟まれたような心地になった。

ここで、のらりくらりとした物言いの係員が補足する。

「目玉展示がないとはいえ、ここに集《つど》いたる機械人形は世界の最先端をいくものばかり。

お二人は今、科学技術の到達点を目の当たりにしておるわけですから、ご存分に楽しむがよろしいでしょうよォ」

彼は浅い角度で会釈《えしゃく》をして場を去っていく。

残された夏子は、何もない展示スペースを睨《にら》んだ。

先ほどの係員は、展示の数々を『科学技術の到達点』と評したが、本当だろうか。

夏子は知っている。

この世には、明るみに出ていない最先端技術があることを。

人体を冷凍保存する技術や、脳移植。己の体はそれらを体験してきている。

ならば機械人形の分野にも、公開されていない技術があるのではないか。西村博士なる人物が學天則を突如として非公開にして行方をくらましたのも、その技術を公開するべきではないと判断した、何者かの意図あってのことではないか。

夏子の頭の中で、思考がどんどん逞《たくま》しくなっていく。

「先生？」

隣の薫が呼びかけてきた。

「どうしたのですか。何やら難しい顔をして」

「ふふっ、何でもないわよ」

春風のような笑いを落とし、場を濁す。夏子は提案する。

「小腹がすきましたね。何か甘くておいしい物でも探しに行きましょう」

Ⓚ

さて。

浅草の甘味と言えば、夏子はまず二つの菓子を挙げる。

ひとつは仲見世通りにある梅林堂《ばいりんどう》の紅梅焼《こうばいやき》だ。江戸時代から続く庶民の菓子である。

もうひとつは同じく仲見世通り、木村屋《きむらや》本店の人形焼だ。

夏子は薫にどちらかを、あるいは両方をご馳走《ちそう》しようと考えていた。

ところが。

薫が「屋台に行ってみたい」と言い出したのだ。

「先ほど、この辺りで奇妙な甘味を扱っている屋台があると聞きました」

もたらされた情報に、夏子は敏感に反応する。

「屋台で甘味を扱っているの？　それって、お汁粉かしら！」

汁粉！　思い出すだけで心が弾む。

屋台で売る甘味といえば、夏子は真っ先に汁粉を思い出すのだ。

夏目漱石《なつめそうせき》は甘いものが好きである。

特に汁粉は学生時代から汁粉の屋台に通い詰めており、一気に七杯も食べて腹を壊したことがあった。

親友の正岡子規《まさおかしき》には「そんな弱い胃袋では今後が心配ぞな、もし」と笑われた。確かに子規の胃は強かった。樽柿《たるがき》を一気に十六も食べて、腹も壊さずけろりとしていた。

しかし胃は丈夫でも肺は弱く、やがて結核性脊椎炎で苦しみ、挙句の果てにブレインイーターなる殺人鬼に脳味噌《のうみそ》を奪われ死んだ。

そんな子規も、病気に臥《ふ》せるとひたすらココアと汁粉を欲《ほっ》したという。

どうやら汁粉には文豪を魅了する魔力のようなものがあるらしい。

なお、子規と同様に、夏子は文豪である。

故に汁粉を欲する。

さぁ汁粉だ。食べるぞ汁粉。腹いっぱい食べてやる。

「お汁粉ではないみたいですよ」

心の中が汁粉一色に染まっていたところ、薫《かおる》から言葉が添えられた。

「……お汁粉ではないのね」

「あの、先生。そんなに落ち込まないでください」

落胆する夏子。

アワアワと慌てた薫が夏子の手を引く。

「聞いた話では、あちらに屋台があるみたいです。先生、行きましょう」

薫と一緒に屋台に向かう。

向かった先、目当ての屋台を見つけた。

他の店舗や屋台からは少し離れた場所に陣取り、のれんには『いもがゆ』の文字。

——芋粥《いもがゆ》？

夏子は首を傾《かし》げる。

芋粥とは確か、山芋を甘葛《あまずら》の汁で煮た、平安時代の甘味のはずだ。砂糖やサッカリンのなかった平安時代でなら通用する甘味であろうが、二十世紀に通用するとは思えない。物珍しさに人は集まるかもしれないが……。

「とりあえず、見てみましょう」

二人は屋台の主《あるじ》に話しかけてみた。

「あの、すみませ――」

夏子の言葉は途中で止まった。屋台の主の顔に驚かされたからだ。

良く知る人物である。面長な作りの顔に、高い鼻。凛々《りり》しさの中にどこか寂しさの陰のある表情。漱石の記憶が正しければ、今は十九歳だったか。

彼の名は芥川《あくたがわ》龍之介《りゅうのすけ》。

文学を志す青年で、かつて木曜会に入隊していた。

夏子の眼差《まなざ》しを受けて、芥川は不思議そうな顔をする。

「僕の顔に、何かついていますでしょうか」

「い、いいえ。知り合いによく似ていたものですから。それよりこの屋台は？」

誤魔化し、夏子は尋ねる。

まさか自分が夏目漱石だとは見抜かれないだろうが、内心ではドキドキしていた。

「芋粥屋ですよ。平安時代の甘味ですが、僕が工夫して現代に合うものを作りました」

屋台には大鍋が置かれ、中にはやや紅がかった白濁の液体が満ちている。

芥川が大きなお玉でひと掬《すく》いすると、白濁の液体の中から黒真珠のような、あるいは大ぶりのカエルの卵のような餅が出てきた。

「本来の芋粥は山芋を使うのですが、僕はキャッサバという、沖縄にある芋に目をつけました。キャッサバの粉で餅を造り、紅茶と牛乳と砂糖の汁で煮込んだのです。牛乳は僕の実家の牧場で採れたものを使っています。美味《おい》しいですよ」

価格は一杯六銭とのことである。

紅茶はあまり好きではないのだが、せっかくなので二人分買い、屋台の隣に設けられた長椅子に腰掛けて食べた。

木の匙《さじ》で掬って、一口。

口の中に広がるのは、汁の甘さとキャッサバ餅の新触感。美味しくはある。

けれども芥川に宿る文才を見抜いている夏子としては、キャッサバ餅は芥川の文学以上に魅力的なものとは思えなかった。

「どうしてあなたは屋台を引いているのです？」

不躾《ぶしつけ》だと承知し、尋ねる。芥川は悲しげな顔をした。

「初対面の方にお話しするのも恥ずかしい限りですが……昨年、尊敬していた文学の先生が他界しまして」

先生とは夏目漱石のことだと、夏子は理解できた。

自分の死について他人から語られるのは、不思議な心地がする。

「先生が亡《な》くなって以降、僕の筆も萎《しお》れはじめてしまいまして。新しく事業でもと思ったのですが……どうにも売れ行きが芳《かんば》しくなく……」

ハァ、と芥川はため息を吐《つ》く。

「やはり、僕のような男は、何をやっても駄目なのです。僕が書く小説にしたって、最近は世間には認められません。今はもう、書けば書くほど辛《つら》くなるだけ」

彼の表情からは、文学への未練が感じられる。

だが己の文才に見切りをつけたという。

自嘲気味な笑いが場に落ちて、芥川は冷たい目をする。

「才能のない己を憐《あわ》れみますよ。こんなことなら、文学なんかに掉《さお》さすんじゃなかった」

彼の口から凍った言葉が漏れた。

その時、濁った声が轟《とどろ》いた。

「こんなところにいやがったのか、芥川よォ……」

荒々しい気配が場に満ちた。酒の臭いとともに、場に和装姿の強面《こわもて》が現れたのだ。

赤ら顔、酒で濁った眼《め》、焼けた声。

昼間から手に酒瓶を持ち往来を闊歩《かっぽ》している男——どう見ても堅気ではなかったし、実際に堅気という言葉で括《くく》れない男であった。

「!」

その人物の登場に、まず芥川が呻《うめ》いた。会いたくない相手を前にした反応だった。

芥川の呻きに隠れるように、夏子もまた呻いていた。

登場したのはまたしても知り合いだったのだ。

夏子の傍《そば》では、薫が動揺していた。

(落ち着きなさい)

夏子が彼女の肩をそっと抱き寄せ、耳元で囁《ささや》く。

彼女はまだ震えている。それでも幾分かの安らぎは得られたようだった。

「鈴木《すずき》の兄貴……ご無沙汰しております」

夏子と薫が見つめるなか、芥川が気後れ気味に挨拶する。

その表情が、眼前の強面を怒らせる。

「テメェ、夏目漱石先生の一件があってから、随分腑抜《ふぬ》けちまったようだな、木曜会で『文学の龍』の呼び名を轟かせた男が、婦女子相手に甘味売りとは何たるザマだ」

「自分は……文学を捨てました。自分のことはもう放っておいて……グッ⁉」

途端、鈴木という男が放った強烈なボディブローが、芥川の腹に着弾した。

鈴木は芥川に膝を突かせ、返す刀で酒瓶の一撃を与える。芥川の顔に、血と酒の筋。

「頭を冷やせよ……夏目先生と盃《さかずき》交わしといて、簡単に足抜けが許されると思われたら、幹部である俺の面子《メンツ》が立たねぇだろうが。堅気の真似事《まねごと》なんてしてんじゃねぇぞ」

また殴打《おうだ》。

今度は顔面に命中し、芥川が苦悶《くもん》の声を上げた。

（……厄介な奴《やつ》が現れたな）

目の前で繰り広げられる暴力の宴《うたげ》に、夏子《なつこ》は顔を顰《しか》める。

彼が暴力を振るうのは夏子にとって見知った光景で、馴染《なじ》みがたい光景でもあった。

鈴木と呼ばれた男……鈴木三重吉《みえきち》は、武装組織・木曜会の幹部である。

木曜会の幹部達――小宮《こみや》・鈴木・阿部《あべ》・森田《もりた》・安倍《あべ》が構成する『夏目四天王』の中でも武闘派であり、人を殴ることに躊躇《ためら》いがない。

性根は、世界中の子どもたちの健やかな成長を願う、涼やかな精神の持ち主だという。

だが酒が入ると性格が一転。誰も彼もをぶん殴る、暴力の化身となる。

そして彼は酒が大好きであり、いつも酒を飲んでいる。

だから彼は二十四時間年中無休で暴力の化身であった。

「なぁ芥川。お前には文学しかねぇんだよ。文学の才能しかねぇんだ」

そんな暴力の化身は、芥川の髪を摑《つか》んで持ち上げ、顔に酒臭い息を浴びせる。

「だからよ。堅気の真似事なんてとっとと畳んで、俺の童話集《シノギ》を手伝えや」

「鈴木の兄貴。自分はもう文学は……まして、子どもに夢を与えるような童話は……」

更に殴打。

殴られた箇所を庇《かば》いながら地に転がる芥川を見て、薫が詰まった悲鳴を上げる。

「ごちゃごちゃ言いやがって。今から序列ってもんを、その身に叩《たた》き込んでやる」

鈴木が指を鳴らし、拳を固める。

大きく振りかぶれば、本気の拳が出来上がる。芥川が観念したように目を瞑《つぶ》る。

「そこまでだ」

場に呟《つぶや》きを一つ落とした。刹那、夏子の体が動いていた。

披露するのは肉食獣を思わせる俊敏な体運び。鈴木の懐《ふところ》に飛び込む。

相手の鳩尾《みぞおち》に肘鉄を浴びせる。鈴木は怯《ひる》む。

今は淑女の肉体であり、男だった頃に比べると攻撃に重さを欠く。

それでもいい。夏子の本命は、二撃目にあったのだから。

夏子は素早く相手の着衣を摑んだ。技の仕掛かりを終えた。二撃目の始まりだ。

勢いのままに放つ技は、夏子が隠し持つ柔道の妙技・山嵐である。

技の冴《さ》えは一級品だ。鈴木の体が宙を舞った。

「なっ⁉」

彼が見る世界はくるりと一回転したことだろう。そのまま地面に叩きつければ、いくら夏目四天王の一人といっても、意識を保ちえなかった。

「誰であろうと、文学を強要することは許さん」

意識を失った相手に言い放つ夏子は、地面に座り込んでいる芥川にも目を向けた。

そして――

パァン！

夏子はそのまま、彼の横《よこ》っ面《つら》を引っ叩《ぱた》いた。

「目を覚ませ！」

怒号が周囲の空気を震わせた。

羽を休めていた小鳥たちが驚いて飛び立ち、薫《かおる》が飛び上がる。

吼《ほ》えたのは夏子だ。

一葉《いちよう》の声帯のどこからこんな声が出るのかと思わせるような声で、激した。

「お前自身の評価軸を見失ってどうする！　世間の評価がどうしたというんだ！　文学が好きなら、つまらんものに頓着していないで、ひたすら書き続ければいいだろう！」

「え……っ？」

芥川が固まる。

上品で清楚《せいそ》な眼前の令嬢が、突如として鬼教官に変貌したのだ。

驚くのが道理だろう。

だが今の夏子にとって、芥川の動揺など眼中の外である。

「生き急ぐな！　刹那の間だけしか光らぬ火花になるな！　馬のように速度を求めるな！　牛のように図々《ずうずう》しく、大地を踏みしめ根気よく進め！　世間は根気の前に頭を下げることを知っているが、火花の前には一瞬の記憶しか与えてくれん！　以前、確かにそう告げたはずだぞ！」

「い、以前⁉　以前って……」

芥川《あくたがわ》は引っ掛かりを感じたようだが、夏子の気迫は、彼に疑問を挟む余地を与えない。

「お前の師・夏目漱石《なつめそうせき》だって、最初から文才があったわけではない！　詩においては正岡子規に及ばず苦しみ、小説においては元婚約者に及ばず項垂《うなだ》れた！　それでも図々しく前に進み、ようやく文学界に居場所を得たのだ！」

謙遜ではない。

夏目漱石には天賦の才があったが、芽吹かせるには根気を要した。

煌《きら》びやかな執筆歴の裏には、心を病むほどの勉強の積み重ねがあった。

だから、一時のスランプで筆を折ろうとする芥川の現状に、我慢ができなくなった。

「いいか、才能だけで世間に居場所を作ることができた文豪は、樋口《ひぐち》一葉ただ一人だ！　夏目漱石はもちろん、あの森《もり》先生すら芽吹くため根気を要した！　二十歳に満たぬお前が根気も練らずに世間から認められる道理が、一体この世のどこにある！」

「す、すみません！」

「聞きたいのは詫《わ》びの言葉ではない！」

「は、はいっ！」

芥川が背筋を伸ばす。

夏子の迫力は、芥川に敬礼までもさせた。

「ぼ、僕は心得違いをしていました！　牛のように進むべき――かつて先生が僕に授けてくれた言葉を失念し、根気を練ることから目を背けていました！」

僕は書きます、と叫ぶ芥川。

その目には力が宿っている。

「書きます！　書きますとも！　初心が戻ってきました！　うぉおおおおおっ！」

彼はみるみるうちに商売道具を片付けだす。

そして夏子に再度の敬礼を捧《ささ》げ、屋台を引っ摑んで嵐のように去っていく。

その背中を見送って、夏子の胸裏に込み上げてきたのは。

――やってしまった。

猛烈な後悔である。

己の文才をドブに捨てようとした若き作家を見て、その才能を惜しむあまり、かつての自分が……木曜会の司令官としての素が出てしまったのだ。

その結果、鈴木の暴力を止めるために現役時代の武技を使う羽目になった。現役時代のままの説教も、芥川に対して炸裂《さくれつ》させた。

薫はきっと驚いたことだろう。

夏子の荒々しい一面を見て、夏子を嫌ったかもしれない。

いや、元より薫からの好意をどう拒むかで苦心していた身である。結果的には良かったのかもしれない。

だが、嫌われて終わるというのは何となく嫌なわけで――

思考がグルグルと渦巻く。頭の中は闇鍋状態だ。

恐る恐る薫の様子を窺《うかが》った。

すると、薫は。

「す、凄《すご》いです先生！」

尊敬の眼差《まなざ》しを向けてきている。

「まるで軍人さんのような凛々《りり》しい先生のお姿、最高に素敵でした！　はぅ、幸せです」

恍惚《こうこつ》とした表情で悶《もだ》える乙女の単純さ加減に、夏子は薫の行く末を案じてしまった。

その後もデートは続く。

夏子は薫を連れ呉服屋に向かう。なお、鈴木は捨て置いた。暴走に対する仕置きである。

綺麗《きれい》な着物を見て目を楽しませるだけのつもりだったが、ここで薫が、とある商品に釘《くぎ》付《づ》けになった。

「先生、香水を売っています！」

見れば、なるほど。小さく綺麗な瑠璃瓶が並べられている。

薫はしげしげと瓶を眺めていたが、ふと値札を見て、なだらかな肩を更に落とした。

確かに学生には手を出しにくい額である。

「織部《おりべ》さん。いくらかご用立てをしましょうか」

義俠《ぎきょう》心が湧いた。夏子は援助を申し出た。

すると薫の表情がぱぁっと晴れやかになる。

「よろしいのですか」

「ええ、一本だけなら」

薫は満面の笑みで頷《うなず》いて、店員を呼ぶと、とある香水瓶を指さした。

会計を済ませた彼女は、頰を赤く染めて夏子を見る。

「せ、先生。先生からお借りしたお金で買って渡すのは申し訳ないですが……これを受け取ってください」

「これを?」

彼女は購入したばかりの香水瓶を、夏子におずおずと差し出してくる。

「夏の花――ヘリオトロープの香水です。きっと夏子先生にお似合いかと思いました」

「まぁ、ありがとう」

夏子《なつこ》は小瓶を受け取って、手の甲に数滴の雫《しずく》を落とす。

そのまま香りを着込むように塗り広げれば、薫が満足そうな、そしてどこか寂しげな表情を浮かべた。

どうして薫は表情に寂しさを含ませたのか。

デートの終わり、夕暮れの道の中。夏子は答えを聞かされる。

「――私、結婚することになりました」

神田高等女学校に戻る道中、立ち止まった薫がいきなり告げてきた。

夏子は驚いて薫に向き直る。

夕日に照らされる彼女は、透き通った笑みを浮かべていた。

「上流の御家《おいえ》との縁談がまとまりました。来月に学校を辞めることになります。来年には姓も変わっていることでしょう」

「……織部さん。貴女《あなた》はそれでいいの？」

「はい」

薫は微笑《ほほえ》んだままだった。

「相手の御家は大きく、私が嫁げば織部家の人たちが楽になります。両親もそうですが、お手伝いの人たちが働き口を失わずに済みますし、なにより留学を希望している弟がいますから」

彼女の目に浮かぶのは、決意の光だった。

自分が嫁ぐことで他の人たちが助かる。そのことに価値を見つけた目であった。

「本当に、それでいいの？」

夏子は彼女の覚悟のほどを探った。

彼女は医者を志望していたはずだ。せっかく夏子が学問を解放したのに、実家のために学問と夢を諦めるようでは悲しすぎる。

だが、彼女はカラカラと笑ってみせた。

「そんな心配そうな顔をしないでください、先生。私は大丈夫です。何より、私は夢を諦めたりしていませんもの」

「えっ？」

「実は先日、校長先生が私のところにやってきて、こっそり教えてくれたんです。結婚をした後でも医者の勉強ができるよう、参考となりそうな医学書の数々を」

「校長先生が⁉」

慮外の情報だった。

最後まで抵抗していた校長が、よもや薫の夢を後押しするとは。

毒を食《く》らわば皿まで、という精神なのかもしれない。

どうせ学校改革案に協力させられた身なのだから、「日本で初めて女性解放のために動いた学校の校長」という名声を得るための立ち回りとも考えられた。

だが、凄いことだ。夏子は校長に対する評価を改めた。

彼は俗物であるかもしれないが、未来に名を残す大器であるかもしれない。

「ですから私は嫁ぎます。だけど夢を追い続けます。夫となる殿方が学問に反対しても、何とか説得してみせます。私の夢は終わりません。そして、先生――」

薫はまっすぐに夏子を見つめる。

「――あなたと出会えたから、私は夢を追い続けることができるのです。先生は私に大切なものをくれました。学問を、夢の続きを、そして初恋を」

彼女の目に涙が浮かんでいた。別れの気配のする涙であった。

「私の初恋を先生に捧げます。ヘリオトロープ……これからも使い続けてくださいね」

夏子は彼女から贈られた香水瓶を取り出した。

夕日に煌めく瓶の美しさに目をやり、やがて胸元にしまい込んだ。

「ありがとう。大切にするわ」

夏子が発した言葉が心からのものだと悟り、薫《かおる》は救われた様子だった。


寮に戻った後のこと。

薫を部屋まで見送って、自室に戻る。そこには禰子《ねこ》が待っている。

禰子が微《かす》かに鼻を動かした。

「その匂い……ヘリオトロープですね。薫さんからの贈り物ですか」

「ああ」

「ご主人様、ヘリオトロープの花言葉はご存じですか?」

「下らん」

「失礼しました。流石《さすが》に無粋でした」

禰子は詫びたのち、部屋から退出する。

ヘリオトロープの花言葉は夏子も知っている。

意味は「永遠の愛」だ。そして「叶《かな》わぬ恋」を意味する花でもある。

夏子は香水瓶を取り出して眺めた。

薫からの初恋の証《あかし》は、瓶の中で宝石のように輝いていた。

【漱石の講義】《そうせきのこうぎ》 史実

漱石は、1903年4月に小泉八雲の後任として東京帝国大学の講師となった。

担当は、文学論と英文学講読の授業。しかし、小泉八雲《こいずみやくも》を敬愛していた学生たちには不評で、授業のボイコットや学生の転科が相次いだ。

転機となったのは9月、講読の授業でシェイクスピア『マクベス』を教科書にしたことだった。

この時期は西洋演劇の翻訳劇が学生のあいだで流行しており、特にシェイクスピアは人気の演目だった。これ以降、漱石はシェイクスピアを取り上げ続けたことで人気講師となり、多くの学生たちが漱石のもとに集まってくるようになった。

【ブレインイーター】《ぶれいんいーたー》 虚構

作家を殺して脳を奪い去る、正体不明の殺人鬼。正岡子規や国木田独歩といった名のある作家たちから脳を奪い続けており、その魔手は陸軍の施設で眠り続ける樋口一葉にまで向けられた。夏目漱石が殺傷能力に優れるダムダム弾を常に携帯していたのは、親友だった子規を殺したこの殺人鬼に報復するためである。

【小泉八雲】《こいずみ・やくも》 史実

本名は、パトリック・ラフカディオ・ハーン。ギリシャ生まれの彼は1890年に出版社の通信員として来日、1891年に小泉節子《こいずみせつこ》と結婚し、1896年に日本国籍を取得して「小泉八雲」を名乗ったが、現在ではイギリスとの二重国籍だった可能性も指摘されている。

アメリカで知り合った服部一三《はっとりいちぞう》の斡旋で島根県尋常師範学校の英語教師となり、熊本の第五高等学校の教師を経て、東京帝国大学の英文学講師となった。熊本、東京帝国大学の両方で、漱石の前に教鞭をとっていたことになる。特に東京帝国大学では、1903年に退職したすぐあとの後任が夏目漱石だった。作中では漱石に追い出されたという設定になっているが、実際には任期満了の退職で、通知だけでそれが行われたことに腹を立てていたと言われており、翌年に早稲田大学の講師に就任している。

日本文化をこよなく愛し、作家としても活動していたことで知られる。

【学天則】《がくてんそく》 史実

「学天則」は生物学者の西村真《にしむらま》琴《こと》が作成した東洋で初めてのロボット。ゴムチューブによる空気圧を用いた動力で、腕や瞼、口周りを動かすことができた。作中では明治の終わりという設定で登場するが、実際には昭和天皇の即位を記念して1928年に開催された「大礼記念京都博覧会」に出品されたもの。

【禰子】《ねこ》 虚構

夏目家に女中として仕え、今は漱石の護衛として傍にいる少女。かつての彼女との出会いは漱石にとって大きな意義があったらしいが、樋口一葉の身体で復活した漱石は、後遺症で禰子に関する記憶を失っていた。

COLUMN

五章　君死にたまふことなかれ

一九一一年十一月二十六日のこと。

天皇暗殺を企図した罪（世に言う大逆《たいぎゃく》事件）で死刑判決を受けた二十四名のうち、実際に死刑にされたという十二名の社会主義者たちの特集が、朝日新聞に載った。

刑の執行は一月だ。随分と遅い特集である。

さて、死刑にされた面々の中に大石誠之助《おおいしせいのすけ》という医師がいた。

彼が獄中で口にした言葉が、新聞を読んでいた夏子の目に留まった。

『私は謀《はかりごと》を受けて生涯を終えます。巨大で不吉な機械に襲われたかのように』とあり、『巨大で不吉な機械は、ある日、民衆に突然に襲い来ることでしょう』と続いた。

結びに「我がむくろ　煙となりて　果てしなき　かの大空に　通いゆくかも」と句がある。おそらく辞世の句であろう。

夏子は、彼の言う「巨大で不吉な機械」が政府のことを表しているのだと理解する。

血の通わぬ政府の判断を、機械という言葉でうまく表現していた。

個人主義を掲げる身からしてみれば、政府も社会主義者も敵である。

そんな夏子も、大石という男が死刑になったことは気の毒だと考えていた。

政府が強引に罪を作り上げ、死刑にしたとも推測していた。

修善寺《しゅぜんじ》の菊屋《きくや》旅館に小銃榴弾《ライフルグレネード》を撃ち込むような政府だ。

人間一人を死刑にすることくらい、造作もなくやってしまえることだろう。

——それにしても、巨大で不吉な機械、か。

その言葉が、脳裏で反響し続ける。


「木曜会の動向を探れ……ですか？」

十二月に入ったある日。放課後のこと。

夏子の自室に呼び出された禰子が、キョトンとした顔でいる。

お裾分けの羊羹《ようかん》と共に出された指令は、彼女にとって意外だったようだ。

「もぐもぐ……やってみることはできますが、どうしてこのタイミングで？」

「朝日新聞が大逆事件の特集を報じたから、鉄幹《てっかん》の動きが気になる」

夏子が挙げた名は、木曜会に所属する俳人のものだ。

与謝野《よさの》鉄幹。妻・与謝野晶子《あきこ》とともに、文壇での著名人である。

夏目漱石《なつめそうせき》の評する「爛《ただ》れ切った夫婦」とは、この二人のことだ。

性に奔放であり、世間が絶句するようなプレイを「夫婦円満の秘訣《ひけつ》」として世に公表することに躊躇《ためら》いがない。

特に当夫婦が世に示した「夫婦円満の完熟朝バナナ」なる概念は、与謝野晶子を高く評価してきた森鷗外《もりおうがい》に吐き気を催させたほどの破壊力を持っていた。

「奴《やつ》は大石誠之助の親友で、大石に刑が執行されると『機械に挟まれて死んだ』と評し、友の追悼と政府批判を行った。妻の晶子も死刑囚に捧《ささ》げる追悼の詩を公表した。あの二人は文才こそ高いが、何かと世を騒がせる」

「ご主人様がかつて、お二方の騒動の後始末に追われていたことは知っています」

「あの二人に……与謝野夫婦《バナナ・淫・パジャマ》に……俺がどれだけ手を焼かされてきたか……」

脳裏によぎるのは、『君死にたまふことなかれ』の筆禍事件だ。

晶子の弟が日露戦争に向かうに際し、晶子は弟の無事を祈る詩を雑誌に投稿した。

しかし文の過激さが、世論の反発を呼んだ。

世間は激怒した。

与謝野夫婦が住まう家は、投石で窓が破られた。

家の外装には「晶子死ね！」「かかってこいや！」「タマ取ったる！」「エロ魔王」等の落書きがずらり。

この惨状を見かねた漱石が彼らを家に招き、嵐が過ぎるまで匿《かくま》ったことがあった。

「…………」

過ぎ去った日々の回想をため息で締めくくり、夏子は現実に目を向ける。

「当初、大逆事件の裁判はもっと長くかかるだろうと思われていた。ところが急に死刑が決まり、あっという間に刑が執行された。これは明らかに政府の介入だ。政府と対峙《たいじ》してきた木曜会の面々にも、少なからず動揺があったはずだ」

「動揺……ですか」

「ああ。動揺は別の動揺を生む。特に与謝野夫婦は大逆事件の死刑囚たちに同情的だから、新聞記事に触発された彼らが筆を執り、それが新たな騒動に繫《つな》がるかもしれない」

「だから私が情報収集をすると」

「俺は迂闊《うかつ》に動けんからな。禰子、頼めるか」

「もちろんです」

禰子はいつもどおり頷《うなず》いて、ふと聞いてくる。

「ですがご主人様。もしも与謝野のお二人や、あるいは別の木曜会の方々に騒乱の兆《きざ》しがあった時、どう動くおつもりですか。まさか今度は木曜会と戦うと？」

「……月が綺麗《きれい》だな」

夏子《なつこ》は明言しなかった。

十二月の空を見上げ、気が早くなった月を見上げ、澄んだ声で回答を濁した。

——俺は木曜会と戦えるか?

その問いは夏子にとって痛いものだ。

今、政府と作家は仮初の平和の中にいる。

仮初であっても平和は平和だ。

修善寺の大患、そして寺田寅彦《てらだとらひこ》による政府との折衝が平和を生み出した。

その平和を木曜会側から破ることを、夏子は是認しない。

けれども木曜会は——夏目漱石が心の安らぎを得られる場でもあった。

自分の心の故郷と敵対できるのか?

自問が、夏子の胸に重くのしかかる。

Ⓚ

数日後。

「樋口《ひぐち》先生。校門にお客様がいらしています」

職員室でのことだ。

事務員から連絡を受けて、夏子は鈍い警戒心を抱く。

樋口夏子として生きている自分に客が来るとは。いったい誰なのだろう。

「すぐに伺いますわ」

夏子は校門に向かった。三十代後半の、スーツ姿の男が立っていた。

先日の芥川龍之介《あくたがわりゅうのすけ》と同じく、夏子にとって見覚えのある顔だった。

彼は、高浜虚子《たかはまきょし》という。

詩詠《よ》みにして凄腕《すごうで》の編集者であり、漱石のデビュー作『吾輩《わがはい》は猫である』は、編集者である高浜虚子と二人三脚で作り上げたものだった。

――どうして虚子が⁉

夏子は内心で激しく動揺する。

高浜虚子は恩人である。

修善寺の大患で爆発に巻き込まれ、負傷した身でなおも夏目漱石の延命を願い続けてくれていた。

だが、偶然の出会いであった芥川の時とは異なり、虚子はわざわざ神田高等女学校まで訪ねて来ている。

胸騒ぎがした。まさか正体を見破られたか。

「どうも、どうも」

虚子は笑顔で挨拶してくる。

「私は高浜虚子と申しまして、都内で編集者をやっています。貴女《あなた》は……樋口先生でよろしかったでしょうか」

「は、はい……」

「ああ、これは失礼しました！」

僅かに身を強張《こわば》らせる夏子に、虚子は大仰に手を振った。

「見知らぬ男が訪ねて来て、しかも名前まで把握されているとあっては、貴女が警戒なさるのも当然のこと！　本題に入る前に、貴女の名前を知った経過を説明申し上げる必要があるようですね」

舌回り滑らかに、虚子は語る。俳句の詠みで鍛えた良い声だ。

「私は以前、朝報《ちょうほう》社というところで新聞記者をやっていたのです。ほら、万《よろず》朝報という新聞はご存じでしょう？」

「ええ」

確かに、虚子は『よろず諜報《ちょうほう》』の一員でもあった。都内にいる誰かの名前くらいなら、造作もなく調べられるというわけだ。

「昔取った杵柄《きねづか》と申しますか、私は調べものが非常に得意でしてね。貴女にお礼が言いたくて、不躾《ぶしつけ》を承知で調べさせていただきました」

「私に、お礼ですか……？」

「はい。私には芥川龍之介という知人がおります。彼は若くして巨竜のような文才を秘める逸材であるのですが、最近になって筆を折ろうとしておりましてね。世間に素晴らしい文学を送り出すことが編集者の使命なので、彼が筆を折ることを恐れていたのですが……先日、彼は再び筆を手にしたのです」

そうか。

虚子からもたらされた報で、夏子は内心で安堵《あんど》する。

芥川龍之介に秘められた力は大きい。

彼が筆を再び手にするなら、日本文学はもっと面白くなっていくだろう。

寿命が許す限り、彼の成長を見届けたいものだ。

「私は彼に話を聞きました。何でも、目が覚めるような美貌を持つ乙女に浅草で出会い、彼女に諭されて我に返ったとのことでした。芥川龍之介を復活させた女性……まさに、日本文学の危機を救った恩人と言えます。編集者として一言お礼を申し上げたく、こうして参上した次第です。この度は本当にありがとうございました」

「そういうことでしたか」

事情が分かり、芥川の復活のことも聞けて、夏子は余裕を取り戻した。

改めて高浜虚子を見る。

彼の顔には大きな傷がついていた。修善寺の大患の時にできた傷だろう。

礼の言葉に合わせて頭を下げたが、動きはどこか緩慢で、体中に負った傷が癒えていないことを物語っている。

『夏目先生、死んではいけません！　夏目漱石先生ィッ‼』

虚子を見ていると、かつての彼の叫びが脳裏に蘇《よみがえ》った。

彼は漱石の生存を心の底から願ってくれていた。

そのおかげかどうか、今は新しい体で現世に留《とど》まれている。

でも、それを虚子に伝えるわけにはいかなかった。

感謝と共に真実を打ち明けたいのだが、それはできないのだ。

だからこそ夏子は、訪ねてきた恩人に対し、自分にできる最大限の笑顔で応じた。

「わざわざお越しくださり、誠にありがとうございます、高浜様」

「ははぁ……本当にお美しいものですね」

虚子は夏子の笑みに圧倒されたようだった。「眼福、眼福」と呟《つぶや》いている。

「いかがでしょうか。ご都合がつけば、この後西洋料理でも召し上がりませんか。芥川を復活させてくれたお礼に、ご馳走《ちそう》させていただきますよ」

「私、できたら甘い物の方が良いのですが」

虚子ならば東京中の美味《うま》い店を知っている。良い店に連れて行ってくれるだろう。打算を胸に誘いに乗ると、虚子は朗らかな笑みで「お任せください」と応じた。

と——。

「樋口先生。ちょっとよろしいですかな」

声がかかった。

見れば、藤田《ふじた》がやってきている。

「藤田さん。どうしましたか?」

「藤田……?」

人名に虚子が敏感に反応した。『よろず諜報』で培《つちか》った目が、老人を見据えている。

同時に藤田も虚子を見返した。かつては薄暗い仕事を手掛けてきたという老人の瞳に、豺狼《さいろう》めいた眼光が垣間見《かいまみ》えた。

眼光の鋭さは一瞬だった。藤田は曖昧な笑いで目元を緩め、夏子に言う。

「ちょいと帳簿のことで確認しなきゃいかんものでして、ええ」

「私にですか?」

「はいな。職員室までお戻りいただけますかね」

夏子はチラリと虚子を見る。

虚子は残念そうに首を振った。

「お日ごろが悪かったようですね。また日を改めてお迎えにあがります。それまでどうぞご機嫌よう」

言い置いた虚子は場を去っていく。

彼の姿が見えなくなって、夏子は藤田を睨《にら》む。

「……帳簿の確認というのは嘘《うそ》だな?」

「ええ。ただ、至急戻っていただきたいのは本当です」

「何があった?」

「この身に聞くよりも、当事者とお話しになる方がよろしいかと」

「当事者?」

「ラトルスネークと名乗る御仁です」

「あいつが来ているのか?」

藤田が小さく頷《うなず》いた。

今度の客人は、応接室での対面となる。

客人はラトルスネークこと、野口英世《のぐちひでよ》。久しぶりの再会になる。

英世は応接室の椅子に腰掛け、脚を組んで紫煙を燻《くゆ》らせている。

その傍《かたわ》らには禰子《ねこ》が立たされていた。師である英世から何やら叱られたのか、項垂《うなだ》れている。

「よぉ、元気そうで何よりだ」

夏子が入室すると、英世が不機嫌そうな声を出してくる。

「ラトルスネーク、何の用だ?」

「あんたに警告するために来た。余計なことをするな」

「余計なこと?」

英世が横目で禰子を睨む。

禰子が肩を縮めたのを見て、英世の言う「余計なこと」が、禰子に木曜会の様子の探りを依頼したことだと察した。

「こいつは護衛の基礎こそ叩《たた》き込まれたが、諜報に関しちゃド素人《しろうと》。それが夏目邸の周りをノコノコ嗅ぎまわっていたもんだから、しょっ引いた」

「あぅ」

禰子が弱ったような声を上げる。

彼女の面子《メンツ》を潰しつつ、英世の矛先は夏子《なつこ》に向かう。

「今、夏目家には政府の諜報網が張り巡らされている。そこに素人を送り込めば、素敵に引っかかり、あんたの存在が捕捉されかねない。軽挙は控えろ！」

「む……すまん」

自分の浅慮を突きつけられ、居心地は悪い。

夏子は口を噤《つぐ》み——そして気付く。

「待て。なぜ今、政府の諜報網が夏目家に張り巡らされている？」

世の大きな動きと言えば、大逆《たいぎゃく》事件の死刑囚の言葉が報じられたくらいだ。

確かに世の作家たちを刺激するかもしれないが、だからといって、それが直ちに夏目家への警戒に結び付くとも考えられない。

「なぜって、そりゃ……」

ふと、英世も目を見開いた。

そして顔を歪《ゆが》めて、呟く。

「まさかあんた、知らなかったのか。禰子を派遣したのはただの偶然か？」

「知らなかった……？」

「くそ、余計なことをしちまったな」

「おい、ラトルスネーク。俺が知らない情報があるんだな」

英世は懐《ふところ》から煙草《たばこ》を取り出す。

夏子は彼の手から煙草を取り上げる。

「一服を待ってやるほど気が長くない。何を知っている。言え」

「知れば後悔するぞ」

「いいから言え」

詰問《きつもん》する。

英世は冷めた目で夏子を一瞥《いちべつ》し、言う。

「あんたの末娘が死んだ」

訃報が耳朶《じだ》を叩き、全身から熱が退《ひ》いていくのを感じた。

この情報は禰子にも伏せられていたようで、彼女も血の気を失っている。

「……なぜ死んだ？」

かすれた声で聞いた。

「心臓が止まったからさ」

「その理由を聞いているんだ……！」

不誠実に過ぎる回答に、夏子の額には血管が浮き出る。

対照的に英世は冷静だった。いや、いっそ冷酷だ。

「解剖はしていない。死因不明のまま、葬儀も終えた」

「あの子は……ひな子《こ》は病気持ちじゃなかった。いきなり死ぬのはおかしいだろう！」

「幼児の突然死はよくあることだ」

英世は淡白に告げるが、夏子は納得できない。

彼女の死は変死だ。木曜会の司令官・夏目漱石《なつめそうせき》の娘であることから、誰かの意図あっての死であることも考えられる。

政府の情報網が敷かれているということは、政府も彼女の死に何らかの意図があったかを探っているのだろう。

あるいは、政府が下手人であり、情報網はそれを隠すための偽装かもしれなかった。

「解剖はするべきだったはずだ！　もしもこれが誰かの仕業だったなら……解剖でそれが明るみに出ていれば……」

「あんたは手段を択《えら》ばず下手人を見つけ出して、復讐《ふくしゅう》に乗り出そうとするだろう」

英世はニヒルな笑いを浮かべ、夏子に鋭い言葉を刺していく。

「で、あんたが派手に動き回り、結果として政府筋にあんたの生存が漏れる。政府はまたあんたの討伐に乗り出すことだろう。今度はもっと多くの犠牲者が出るかもな？」

「だからひな子を解剖しなかったのか？　都合の悪い真実が出てくるかもしれないから、真実ごと荼毘《だび》に付したのか！」

「俺は医者だ。闇医者ではあるが、助けられる命であれば助ける。あんたの命も、あんたの巻き添えになる他の命のことも、きちんと考えたうえでの判断だ」

冷静になれ、と英世が要求してくる。

「夏目漱石という文壇の英雄を討ち取ったことで、政府は面子が立ち、木曜会との講和に応じたんだ。ここであんたが生きているとなったら、いよいよ政府の面子は丸潰れだぞ。政府は本気であんたを殺しに来る。あんたの周囲も巻き添えだ。前回、あんたは十二の命を巻き添えにしたが、次は倍以上が死ぬぞ」

「……十二の命？」

妙な数字だった。

木曜会と政府との戦いでは死者が出ていない。

唯一死者が出たのが修善寺《しゅぜんじ》の大患だった。「夏目漱石」が死に、代わりに「樋口《ひぐち》夏子」が生まれた。犠牲者というのはそれくらいだろう。

「俺の記憶にある限り、死者はいない。俺の記憶が抜け落ちているのか？　俺の脳移植は本当に成功しているのか？」

「失敗はしていない」

英世は断言する。力強い自信は、経験に裏付けられているような気配がある。

夏子が、彼の断言の裏にある「真実」に気付いた。

「……まさかお前、俺の手術に挑むにあたり、実験台を使って練習していたのか？」

「やっと気付いたか？」

英世は残忍な笑みで、肯定した。

「脳移植なんて初挑戦で成功するはずもないだろう。しかも失敗したら脳は死ぬからな。樋口一葉《いちよう》の肉体とあんたの脳という替えのきかない二つを有効活用するため、俺は脳移植の訓練をする必要があった」

「そうか……それで大逆事件の死刑か！」

「ご明察」

夏子の思考は一つの真実を突破し、加速する。

続いて二つ、三つと真実を突き止めていく。

これがブレイクスルーなる概念かと思い知らされながら、夏子は詰問する。

「大逆事件の死刑囚は、厳密には死刑にされたわけではなかった。お前が実験台にしたんだな！」

「結局のところ、大逆事件で実際に天皇暗殺を企図したのは、捕まった二十四名のうちのたった六名に過ぎん。残り十八人は計画を知らされていたが、加担はしていない。計画を止めなかったのが奴《やつ》らの罪だとしても、死刑は流石《さすが》にやりすぎだ。しかし死刑は確定し、覆《くつがえ》すことはできない。そこである男が密《ひそ》かに策謀した」

「……森《もり》先生か。あの人は時に、目的のために倫理を捨てる悪癖がある」

「ああ。ドクトル・ニルヴァーナは巻き込まれた十八名を生かす道として、そして何より脳移植を成功させてあんたを救うために、彼らに人体実験の志願を打診した。生き延びるには実験に参加するしかない――彼らの何名かが志願した」

背筋が凍るような告白が続く。

まず、計画を実行しようとした六人の死刑は確定であるので、肉体から脳を除外。

そしてその肉体に、実験への参加を志願した死刑囚たちの脳を移植した。

最初の三人は手術ミスで死亡した。

だが、一流の闇医者はミスから学びを得る。

ミスをする度に英世は手術を見直し、次の施術に活《い》かした。

四人目の被験者はかろうじて目を覚ましたが、神経系の回復が思うようにいかずに、やがて死亡した。

五人目の被験者は立って歩けるまで回復したが、彼は同志の肉体を乗っ取って復活した自責の念に駆られてしまい、監視の隙をついて自殺した。

「五人目の脳は、確か大石《おおいし》という医者のものだったはずだ」

英世が述懐する。

「郷里に彼の治療を待っている患者たちがいるということで、彼らの元に戻りたいとか言っていたよ。医者なんてやらせるのがもったいないくらい、真面目な医者だった。まぁ、真面目さゆえに自殺したわけだが……施術自体は成功していた」

手術に自信を得た英世は、最後の挑戦を行うことにしたという。

「女性の肉体に男性の脳を入れ込む手術だ。肉体は死刑囚で唯一の女を使い、移植する脳は、その夫であった社会主義者・幸徳《こうとく》秋水《しゅうすい》のものを使った」

その手術は完璧に成功したらしい。

「ならば成功したという被験者はどこにいる?」

「手術後に当の本人から、自分の死と引き換えに残りの面子の助命を請《こ》われてな」

「なるほど。お前はその取引に応じたんだな。他の十二名の死刑を回避させることを受諾して、女になった幸徳秋水を殺したと。確かに口封じとしてはもってこいだな」

「気に入らんという顔をしているな。だが、自業自得《じごうじとく》だ。そもそも社会主義者どもが天皇暗殺なんて企《たくら》んだのが悪い。実験云々《うんぬん》にしたって元々あんたが……夏目漱石が政府に逆らい、修善寺で瀕死《ひんし》になっていなければ必要がなかったんだ」

英世《ひでよ》は主張する。自身はただ求められた取引に応じ、報酬を受け取っただけだと。

彼の言い分を是《ぜ》とするには、夏子は倫理的過ぎた。

夏子は反論する。

「金を貰《もら》えればいいって話ではないはずだ！」

「金を貰えればいいって話なんだよ！」

夏子の倫理は、英世の一喝で破られた。

彼の黒目が更に暗く、人間の業が滾《たぎ》る目となる。

「俺を突き動かすのは金だ。金が活力で、金を手に入れることが俺の生き様だ。あんたが執筆するのと同じように、金を稼ぐことが俺の自己表現だ！」

相手の放つ漆黒の眼差《まなざ》しには、夏子の口を噤ませる迫力がある。

「福島の極貧の農家に産み落とされて、左手を火傷《やけど》で奪われて！　毎日寒くて腹が減ってたまらなかった！　何か食えるものは落ちていないかと、道端を這《は》って回った！」

彼は冷えた目をして、熱い息を吐く。

「俺は蛇だった。御金《あし》がなく地を這う蛇だ。道端の雑草を食い、虫を食い、蛇も食った。金があればみじめな思いをせずに済んだ。少なくとも俺の左手は治療できたはずだ！」

「……ッ！」

「闇医者なんぞをやっているおかげで、今じゃだいぶ懐は温かい。だが俺の心は未《いま》だに、ひたすら寒くて惨《みじ》めだった福島の記憶に囚《とら》われている。あの時の思いはもう御免だ！」

嫌なんだよ、と。

野口《のぐち》英世という掴《つか》みどころのなかった男が、己の心の闇をさらけ出す。

「寒いのはもうウンザリだ。身も、心も、懐も……福島じゃ常に寒かった。聖書じゃ蛇は林檎《ちえ》の木がある楽園を追放されたというが、俺は林檎《りんご》の花が咲くような寒い場所は二度と御免だ。どこかに逃げたかった。暖かい場所ならどこでもよかった。林檎の花が咲かないような場所であれば、行き先なんてどこでも……」

胸の内に堆積していたのであろう、どす黒い気持ち。

それらを止めどなく流し続けた英世が、我に返ったような表情になる。

「……ククク。まぁ、あんたのようなお偉い大先生には、俺の考え方も生き方も、まるで理解できんだろうし、理解する気もないんだろうよ」

「…………」

「利己主義と個人主義――元々俺たちの掲げる旗は違う。俺のやり方が気に入らねぇならそれでいいさ。が、この際だ。一つだけ言わせてもらう」

英世が口の中に言葉を溜《た》めた。やがて言った。

「あんたの個人主義とかいう思想が、俺は大嫌いだ」

吐き捨てて、英世は場を去っていった。

Ⓚ

「会津の、いえ、福島の猪苗代湖《いなわしろこ》をご存じですかな」

シュンシュンと薬缶《やかん》が湯気を吐いている宿直室で、藤田《ふじた》が言った。

夏子《なつこ》と禰子《ねこ》は彼の語りに耳を傾ける。

『お茶でも飲みませんか』

藤田からのそんな誘いを受けたのは、野口英世との別れの後だ。

彼は森鷗外《おうがい》から放たれた監視役だ。警戒するべき相手だ。けれど、娘の死を告げられて精神的に疲れてしまった夏子にとって、気晴らしのできる良い相手であることも事実だった。

二人は誘いに応じた。宿直室に通されてミカンを振舞われた。

夏子は英世との衝突について話題に出した。娘の件は黙した。触れるに辛《つら》すぎたのだ。

「あの辺りの冬は特に寒く、雪が世界を閉ざします。美しい場所であるのと同時に試される場所でもあるわけです。ラトルスネークとかいう御仁についてですが、あそこで貧乏暮らしをしていたとあっては、凍った心になるのも頷《うなず》けます」

「藤田さんは、見てきたかのように語るのですね」

「お嬢さん。この身はこの目でしっかりと見てきましたよ」

藤田は禰子を見て言った。

禰子は「そうでしたか」と納得した様子だった。

対して夏子は目線を下げている。

まだ得心がいかないことがあるのだ。

「ラトルスネークの人格形成と福島の冬の関係については分かった。だが、分からんのは政府の心根だ。六名の首を吊《つ》るために他多数も連座させるなんて、心が凍っている。政府の心をここまで凍らせたのは、一体なんだ？」

「この身の見立てはちょいと違います。大逆《たいぎゃく》事件に限って言えば、政府は心を凍らせてはいません。多分、逆なんでしょう」

「逆？」

「大逆事件で多くの人間を死刑にしたのは政府の恩情でさぁ。正しくは、元老・山縣《やまがた》公の慈悲です」

夏子と禰子は顔を見合わせる。

藤田の言葉が難解で、飲み込めなかったのだ。

「今の政府は、ご一新——つまり革命運動に命をささげてきた志士たちが作り上げたもの。山縣公はその生き残りです。そして幕末の革命は、命懸けでした」

「今の革命運動も中々に命懸けだと思います」

禰子の反論に、藤田は笑う。

「いやいや。今の革命家たちは、逮捕されても裁判を受けて牢《ろう》に入れられます。が、幕末の革命は生易しくありません。長州の人間であるというだけで、あるいは薩摩《さつま》出身というだけで、弁明も命乞いも聞き入れられずに殺されました」

「藤田さんは、また見てきたかのように語るのですね」

「…………」

　今度の藤田は無言だった。

　ただ、その目には形容しがたい光を宿していた。

　禰子が口を結び、目で続きを促した。

「長州藩の出身の山縣公は、そんな苛烈な倒幕を果たすなか、一つの考えに至りました。それが『革天去私』です」

「かくてん……きょし？」

　禰子が首をかしげる横で、夏子が助け舟を出す。

「天《よ》を革《あらた》めるに私を去《す》てる――つまり『命捨ててこそ革命家《かくめい》』という意味だろう」

「そうです」

　夏子が理解してくれたことが、藤田には嬉《うれ》しかったらしい。彼は目元に皺《しわ》を寄せた。

「山縣公は、明治に生きる運動家たちを、革命家とは認めませんでした。なぜなら彼らは本気で命を懸けていなかったし、山縣公もまた、彼らに命を懸けさせなかったからです。そして山縣公は、彼らの掲げた思想も、ただの戯言《たわごと》だと一蹴してきました」

　ところが、と藤田は語り続ける。

「幸徳秋水という御仁は、人民を助けようとする確たる願いと、願いに見合うだけの知識と情熱を持ち合わせていました。彼の革命運動は国家を揺るがすに至りませんでしたが、彼のひたむきな行動と檄文《げきぶん》は山縣公の耳朶《じだ》に届き、そして心を揺さぶったのです」

「山縣有朋《ありとも》は幸徳秋水を、葬《ほうむ》るに値する革命家として認めた……と」

藤田は首肯する。

明治という時代を作ったかつての革命家・山縣有朋は、明治という時代に挑戦した幸徳秋水を、自分と並ぶ革命家であると認めたのだという。

そして、幸徳秋水を認めた証《あかし》として、彼に死を贈ることにした。

鶏一羽《わ》を殺すのに牛刀を持ち出せば、誰もが「大げさだ」という。

けれども山縣有朋は、幸徳秋水という痩せぎすな男を殺すために、わざわざ元老による司法への介入という伝家の宝刀を抜いてみせた。

それは憎しみの発露ではなかった。

信念を持ち時代に挑戦した男と、その仲間たちに向けた表敬だった。

真の革命家であると認め授ける、ある種の勲章でもあった。

「悪意を持っての処刑なら、余人が諌《いさ》めることもできたでしょうや。けれどもあの処刑は山縣公からの敬意と恩情の表現です。これはもう、止めようがありません」

「処刑が敬意と恩情の表現？」

禰子の呟《つぶや》きには驚きの気配がある。

「そうです。政府の心は凍っていません。温かな心で、冷たい命令を下したのです」

夏子は、藤田の視線が自分に強く注がれているのを感じた。

「人生の先輩として忠告させていただきます。悪意のある人間の悪事なんて、たかが知れているんです。けれども、善意や親切心、夢や敬意やら希望とかいった、キラキラと輝くもののために非道を働く奴《やつ》がまれにいます。そういう連中を敵に回す戦いは本当に怖い。一種の狂気を相手にしているわけですから」

「…………」

「人間の悪意以上に人間の善意を警戒なさいな。あなたは森《もり》軍医総監が認めた人であり、この身がお世話になった大助《だいすけ》さんに近しい人でもある。あなたに死んでほしくないのは、この身も同じです。いいですね、くれぐれも、人間の善意を舐《な》めちゃいけませんよ」

夏子の体を眼差しが射貫《いぬ》いた。

軽々な反応は許さない——そう言われているような気がした。

夏子はゆっくりと言った。

「分かった。肝に刻む」

藤田は安堵《あんど》したようだった。

ほっと息を吐《つ》く彼は、好々爺《こうこうや》でございと言わんばかりの笑顔で、改めてミカンを勧めてくる。

「辛いときは、甘いものを食べなさい。それで得られる慰めもありますから。そしてこの時代を生き抜くのです。この時代を歩めなかった方々の分まで」

そう告げられた時、目から熱いものが零《こぼ》れた。

幼い娘の顔を思い出し、夏子は泣いた。

親としての役割を果たせなかった悔恨に胸を焼かれつつ、思い切り泣いた。

六章　幻影《まぼろし》の盾

ひな子《こ》の死は、夏子の生活に変化をもたらした。

訃報を聞かされてしばらく、夏子はあまり食べなくなった。

酒も煙草《たばこ》も女も封じられた身が、唯一の楽しみとしてきたのは食である。

その食から夏子が遠ざかったことを心配したのは、夏子の食いしん坊具合をよく知る禰子だった。

「もっと食べてください」

夏子と顔を合わせるたび、禰子はそんなことを言う。

「今は腹が食い物を受け付けないんだ。胃にヒビが入ったようだ」

夏子はそう返していた。

自分自身、胃にヒビが入っているわけではないことは承知だ。

ヒビが入ったのは精神の方だ。

夏子は愛娘《まなむすめ》の死にショックを受けていたのだ。

十二月某日。

禰子《ねこ》が凶行に及んだ。

痩せていく夏子《なつこ》を見るのが忍びなく、遂《つい》には無理やりでも肥えさせてやろうと、夏子に襲撃をかけてきたのだ。

禰子が『フォアグラ作戦』と名付けたこの襲撃は、真夜中に決行された。

草木も眠る丑三《うしみ》つ時《どき》。

夏子の部屋に禰子が忍び入る。

その手には丈夫な麻縄が握られていた。

これで夏子を拘束し、逃走と闘争を封じる。

夏子が助けを呼ぼうと口を開いたらしめたもの。

開けた口に、禰子が腰に据えた大量のバナナをねじ込み、一気に栄養補給を図るのだ。

いかに木曜会の司令官といっても、血肉に栄養を欠いた令嬢の体では抗《あらが》えまい。

毎日三食、加えておやつをきちんと食べている健康優良大和撫子《やまとなでしこ》には抗えまい。

暗がりに人の気配を察知した。多分、夏子だろう。眠っているかと思ったが、まぁいい。

「フォアグラ作戦、開始です！」

確かな勝算を胸にして、禰子は相手に襲い掛かった。

「……そ、そんな」

数分後。

月明かりが差し込む部屋で、禰子がショックを受けている。

「毎日三食の健康優良大和撫子な私が……欠食令嬢ごときに力負けするなんて」

「主《あるじ》に対して随分な言い草だな」

夏子はジト目で禰子を見る。

結論から言えば、夏子が禰子を返り討ちにしたのだ。

柔道技で組み伏せて、麻縄を奪い、逆に縛り上げた。囚《とら》われたのは禰子の方だ。

「で？　バナナなんぞ持ち込んで、一体何の目的で忍び込んできた」

「…………」

「言え。言わぬとコレだぞよ」

夏子は床に落ちていたバナナを拾い、禰子の眼前に突きつける。

禰子が青ざめた。

「な、なにをする気ですか……」

「想像に任せる」

「ま、まさか、私の穴という穴にバナナを詰め込んで、一晩熟成させる気ですか」

「俺を与謝野《よさの》夫婦と一緒にするな」

「乙女の官能の熱で熟成させたバナナは愛の味がしたとかいうレビューを、雑誌に載せて世間様に公表する気なんですね⁉」

「俺を与謝野夫婦と一緒にするな！」

夏子はバナナで禰子の頭を叩《たた》いた。


その後、禰子の愚挙の訳を聞く。

痩せていく夏子を心配しての行為であったと知って、ため息を場に落とした。

「ちょっと待ってろ」

夏子は机に歩み寄る。

机についている抽斗《ひきだし》を開けて、中身を幾つか取り出して見せた。

「チョコレート？」

夏子の手にある数枚の板を見て、禰子が頓狂な声を上げる。

「今夜はチョコレートを食べていたんだ。おかげで襲撃者を返り討ちにするだけの活力はあった」

そう告げれば、禰子が複雑な表情を浮かべた。

主である夏子に回復の兆《きざ》しが見えた喜びと、勝算を確信しながら挑んだ勝負に負けた悔しさ。二つの感情が彼女の顔に同衾《どうきん》している。

「むぅ、ご飯は食べられないのに、チョコレートは食べられたんですか」

「今もあまり食欲がない。だが、厚意を無下にもできんだろう？」

「厚意？」

「チョコレートは、そいつが差し入れてくれたものだ」

禰子の察しの悪さに夏子は苦笑した。どうやら彼女はまだ気付いていないらしい。

いや、とすぐに思い直す。

禰子の筋は悪くない。ただ、相手が悪いだけだ。

「これなら気付くだろう」

夏子がランプに火を入れる。

穏やかな灯《あか》りが、部屋の暗がりにいた男の姿を露《あら》わにした。

「！」

禰子が絶句した。そこにいたのは英世《ひでよ》だった。白衣を脱ぎ、闇に潜む暗い色合いの服を着て、禰子に悟られぬよう気配を消していた。

その英世だが、冷ややかな目をしていた。

「俺の存在には気付けなかったか、クソガキ」

「な、なんで師匠が……」

「先だっての別れ際《ぎわ》が流石《さすが》に無作法だったと思ってな。詫《わ》びのチョコレートを差し入れたら、妙な気配が近づいてきやがった」

そう。夏子は英世の突然の来訪に応対していた。塀で囲まれた女学校の寮だというのに、この男は容易《たやす》く、そして無遠慮に忍び込んでくるのだ。

来訪に驚きつつ、チョコレートは有難《ありがた》かった。食べることに前向きになれた。

チョコレートを齧《かじ》って、そのまま英世と情報交換をしていると、妙な気配が近づいてきた。素人《しろうと》の気配ではないが、玄人《くろうと》にしては精彩を欠いている。

ならばと二人は灯りを消し、部屋の中で相手の出方を探った。

そしたら侵入者が『フォアグラ作戦、開始です！』とか言いながら襲い掛かってきたので、夏子が迎撃した。そして今に至る。

英世は一応の教え子であった禰子の今の力量に興味を持ったようで、あえて介入せずに様子を窺《うかが》っていたようだが……今の彼の目を見るに、禰子の力量は及第点に至っていないようだ。

「無様だな」

その一言が、英世が禰子に送る通信簿だった。

禰子は肩を落としている。

この悔しさが彼女の躍進に繋《つな》がることを、夏子としては願うばかりだ。

「まぁ、ひとまず安心したよ」

仕切りなおすように英世が言う。

「そこのクソガキを制圧した時の技の冴《さ》えは見事だった。その体、十分に使いこなせているようだ。護衛が予想以上に頼りないのが懸念《けねん》点だが、上手《うま》くやってくれ」

英世が退出の気配を見せたので、夏子は軽口を叩く。

「次に来るときは、饅頭《まんじゅう》を手土産に頼む」

英世のチョコレートのお陰で食欲が少し戻ったと、暗に告げた。

彼も夏子の言葉の意味は察したようである。

だが、訝《いぶか》しげだった。夏子のチョイスが気になったらしい。

「饅頭？　あんたが軍病院にいた時、大量に差し入れしてやっただろう？　てっきり食い飽きたかと思っていたが」

「饅頭が届くと、何故《なぜ》か森《もり》先生が察知して、全部茶漬けにしやがったんだ」

「茶漬け……饅頭を茶漬けにするのか？　ご飯の上に乗っけて、お茶をかけて？」

「ああ。差し入れの饅頭は全て、お茶の海に浮かぶ水死体になっていた。森先生の好きな調理法だったらしい。俺も食わされたが……あれは正直、美味《おい》しくなかった」

「英国で鍛えられたあんたがそういうのなら、相当なんだろうな」

「たまには生きたままの饅頭が食いたい」

「前向きに検討しよう。次に会う時を楽しみにしておけ」

夏子《なつこ》のワガママに、英世が寄り添う姿勢を見せた。目には同情の光があった。

「それと、クソガキ。もうちょっと精進しろ」

「はい……」

発展途上な禰子にピシャリと言ってのけて、英世が場を去る。

夏子は肩を竦《すく》める。

「ったく、予期せぬ来訪が続いて、眠気がすっかり醒《さ》めてしまったじゃないか」

ブツブツと不平を並べ、禰子が持ち込んだバナナに目をやる。

それから部屋を彩《いろど》る調度品を見渡し、いいことを思い付く。

「いまさら眠ることもできん。禰子、今夜は付き合ってもらうぞ」

夏子は禰子に向けて、背徳的な笑みを浮かべた。

琺瑯《ほうろう》皿とランプの火。

ナイフにバナナ、チョコレート。

それらの要素を組み合わせると、背徳的な祭典が幕を開ける。

「真夜中のチョコフォンデュ・パーティにようこそ」

「な、なんと背徳的なんでしょう……」

皿にチョコを砕いて入れて、火でトロトロに溶かす。

そこに程よい大きさに切ったバナナを投下すれば、魅惑の甘味となる。

夏子は拘束を解かれた禰子と一緒に、窓の外の月と甘味を愛《め》でた。

やがて全てを食べつくした時、藤田の説いた「甘味で得られる慰め」なる言葉の正しさを知った。

甘みの余韻に浸っていると、ふと口から言葉が出る。

「ちょっと思い出話に付き合ってくれないか」

「いいですよ、ご主人様。朝までお付き合いします」

「すまんな」

夏子は謝意を示す。
普段は誰にも聞かせたことのない話だ。それが今夜は自然と口から流れ出る。
きっと美しすぎる月の魔力がそうさせたのだろう。
そう思うことにした。
「お前は『幻影《まぼろし》の盾』という作品を知っているか？」
夏子の語り出しは、そんな言葉から始まる。

Ⓚ

『幻影《まぼろし》の盾』とは、幻想小説である。
アーサー王の御代《みよ》において、二つの城があった。白城と夜鴉《よがらす》城である。
白城には騎士ウィリアムがいた。黒い目が特徴の騎士だった。
対して夜鴉城にはクララ姫がいた。黄金の髪が特徴であった。
二人は恋仲であったが、二つの城は敵同士であった。現世で結ばれぬ間柄であったし、
案の定、二人の恋は引き裂かれた。白城がクララのいる夜鴉城を攻め滅ぼしたのだ。
愛《いと》しい姫君が落城の業火《ごうか》に呑《の》まれていくのを見送り、ウィリアムの目から光は消えた。

場に光り輝いているのは、ウィリアムが有している盾だ。霊力を有する不思議な盾。過去・現在・未来に亘《わた》って持ち主を祝福し、あるいは呪うとも謂《い》われた家宝だった。

その盾が輝いたのだ。


気付けばウィリアムはクララ姫と共に南国にいた。

二人は微笑《ほほえ》みあい、そして口づけを交わした。二人は結ばれたのだ。


だが、二人がいたのは現世ではなかった。

幻影《まぼろし》の盾の中である。

盾はウィリアムの姫への執着に呼応し、ウィリアムとクララ姫の魂を盾の中の世界へと誘《いざな》った。そして二人を盾の中の世界で永遠に結び付けたのだ。

現世で許されぬ愛は、どうすれば成就《じょうじゅ》するか？

その答えは、現世の理《ことわり》を離れて結合することであると、盾は知っていた。

Ⓚ

漱石は親から愛されなかった。

幼少時代。

漱石が生まれた時、母である千枝《ちえ》は齢《よわい》四十を超えていた。

いい歳《とし》をして、夏目《なつめ》さんのところはお盛んなことで――

周囲から冷ややかに噂《うわさ》され、両親は漱石の誕生を大いに恥じた。

漱石の誕生は望まれていなかった。

漱石が十四歳の頃、許嫁《いいなずけ》の話が持ち上がった。

東京府庁から警視庁に出向していた父には、樋口則義《ひぐちのりよし》という部下がいた。

樋口家には息子一人と娘たちがいたが、息子が病で逝《ゆ》き、跡取りがいなくなった。

そこで樋口家から夏目家に婿養子の話が持ちかけられた。夏目家の跡取りにならない男子を、樋口家の夏子に嫁がせてほしいとのことだった。

父は漱石が夏目家の跡取りになるとは到底考えていなかったから、漱石を樋口家に送ることを躊躇《ためら》わなかった。

こうして夏目漱石は樋口一葉《いちよう》と許嫁の間柄になった。まだ一葉は九歳であった。

漱石と一葉は仲が良かった。共に学び、共に遊んだ。

最初こそ兄妹《きょうだい》のようであったが、月日が経《た》つにつれ、次第に男女として意識し合った。

二人は結婚するのだ。そう信じて疑わなかったし、互いにそれを待ち望んでもいた。

だが、家の都合が二人を引き裂いた。


樋口一葉はどんどん美しくなっていった。

すると樋口則義は、漱石なんかにくれてやるのは勿体《もったい》ないと考えるようになった。

夏目家の衰退は続いていた。樋口家は夏目家よりももっと衰退していた。

そこで則義は、一葉をより高い家柄に嫁がせ、樋口家を守《も》り立てようと考えた。

名家に嫁がせるには一葉は聡明《そうめい》過ぎたが、顔の美しさは芸術品の域に達していた。高い家柄との結婚も見込めると判断した則義は、漱石に一葉を諦めるよう告げてきた。


夏目家でも大きな動きがあった。

警視庁勤めであった漱石の兄・大助《だいすけ》が病を得て、いよいよ命が危うくなったのだ。

父は大助こそ家督を継ぐべきだと思っていた。

だが大助は父に告げた。

『夏目家は、金之助《きんのすけ》に委ねるべきです』

そのことを聞いた漱石は驚いた。

自分は末っ子である。しかも父からは疎《うと》まれている。そんな自分が、夏目家を？

『金之助は優秀です。落ちぶれていく夏目家を再興させるのは、僕ではなく金之助です』

兄は病に冒された喉を震わせ、懸命に父を説得していた。

思い返せば、兄には様々な恩義があった。

父や母が漱石に粗野に対応する中、兄は父代わりとして漱石を気遣ってくれた。

優しい兄ではなかった。

どちらかといえば厳しい兄であったし、よく叱られた。漱石は大助から叱られるのが怖かった。

だが、漱石のことを親身になって考え、本気で怒ってくれた。

それが得難《えがた》いことであると、当時の漱石は悟っていた。

その兄が死にかけている。

死病に苦しみながら、夏目家と漱石のことを案じ、父を懸命に説得してくれている。

夏目家を頼む——そんな兄の願いを漱石は心に刻んだ。

やがて兄は死に、他の兄たちも死んでいった。

末弟であった漱石は、夏目家の後継ぎとして、家を再興する重責を担《にな》うこととなる。

赤貧を洗うが如《ごと》き樋口家とは付き合えなくなった。

則義が画策していた一葉の名家への嫁入りは、上手《うま》くいっていなかった。

樋口家は更に貧乏になり、借金まみれになっていく。

迂闊《うかつ》に手を差し伸べれば、夏目家にも被害が及ぶかもしれぬ惨状であった。


やがて一葉は死んだ。

実際のところは肉体を冷凍保存されていたが、漱石は彼女が死んだと思っていた。

英国留学後、精神を病んだ漱石は、心の奥に沈殿していた彼女への想《おも》いを作品にぶつけた。

現世では決して結ばれぬ二人が、現世ではない世界で結ばれる物語を書いた。

書かずにはいられず、しかし世間に大々的に公表もできぬ作品であった。

ならばと漱石は、編集者・高浜虚子《たかはまきょし》を介さずに世の片隅にひっそりと公表し、樋口一葉に向けた恋心の供養《くよう》とした。

これが小説『幻影《まぼろし》の盾』にまつわる物語だ。

Ⓚ

窓の外では、月の位置が変わっている。

「俺の名前は夏目金之助という」

夏子《なつこ》が呟《つぶや》いたのは、今更のような自己紹介。

だけど、悲しい意味を持つ自己紹介でもある。

「夏目家の男子の名には、代々『直』の一文字が入る。長兄である大助には直の字はないが、実は兄は『大一』という名も持っていた。この『一』の字は直線であるから『直』の代わりの文字として入れられていたんだ」

夏子は説く。

直の一字は、男子にとっては夏目家の証《あかし》であったと。

「だが俺は金之助。直の字は入らない。俺の父も母も、俺を家族とは認めていなかった」

夏目漱石は庚申《こうしん》の日の生まれである。

この日に生を受けた者は、将来は金に困って泥棒になるという俗説があった。

漱石の父と母は、ただでさえ要らない子であった末っ子が泥棒になってしまうのは更に困ると考え、息子に「金之助」の名をくれてやった。「金の助けになる名」の意であったという。

「昔の人は、庚申生まれは不人情に育つと信じてきた。迷信であるかもしれないが、俺は迷信だとは思えなかった。俺がそうだったからだ」

「ご主人様が？」

「俺は一葉を愛していた。『幻影《まぼろし》の盾』を著すくらいに愛していた。長兄の大助も心から慕っていた。だが、あの二人の死の連絡を受けても、俺は涙を流さなかった」

それだけじゃない、と言う。

「他の兄たちが死んでも、俺は泣かなかった。正岡子規《まさおかしき》が殺されたと知っても泣かなかった。俺は周囲から不人情だと言われた。心の凍った、愛のない男だと言われてきた」

漱石はずっと悩んでいた。

——なぜ自分は泣けないのか。

——愛する者を喪《うしな》っても泣けないのなら、自分の愛は偽物《にせもの》ではないのか。

——ならば本物の愛とはなんだ。

——家族から愛を注いでもらえなかった俺が、本物の愛とやらを理解できるのか。

心はずっと、思考の坩堝《るつぼ》の中で溺れていた。

「今なら分かる気がするんだ。俺が泣けなかった理由が」

寂しい独白は続く。

「幼いころの、親戚中をたらい回しにされていた自分を思い出した。些細《ささい》なことで泣いていた俺を見て、俺を預かっていた親戚が『すぐ泣くような奴《やつ》は要らない』と言って、俺を家から追い出したんだ」

「そんな……」

「実の両親に疎まれている俺だから、身の置き場がなかった。子ども心に、この家に置いてもらえなければ、世界のどこにも居場所がないことは分かっていた。俺は必死で、土下座をして親戚に誓ったよ――『もう二度と泣きませんから、要らなくならないでください』ってな」

「…………」

「あの時の誓いが、ずっと俺に突き刺さっていた。当時の記憶が薄れても、その誓いは俺を縛り続けた。だから俺は泣けなかった。不人情と言われても、なお――」

そのまま瞑目《めいもく》すれば、瞼《まぶた》の裏に浮かび上がる。

幼くして旅立ってしまった娘の顔が。

「助けてもらった気がするんだ」

ポツリと呟く。

「ひな子《こ》が死んで、俺は泣いた。ようやく泣けた。過去の鎖を断ち切れた」

「ご主人様……」

「俺は父親から愛されなかった。だから、父親として我が子を愛する方法が分からなかった。自分でも最低の父親だった自覚はある。我が子の面倒もろくに見ずに、木曜会を設立して政府との戦いに家族を巻き込んだ。償いきれるものじゃない。だけど、ひな子は……そんなダメな父親でも救ってくれたんだ」

夏子は拳を握る。

「だからこそ生き延びたいと思えた。一葉が体を授けてくれて、ひな子が助けてくれた。二人の恩に報いるために、俺は生きなければダメなんだ」

夏子の内面は更新される。

己に課した誓いは、泣かないという呪いから、生きるという誓いに置き換わる。

確かにひな子の死は夏子の精神にヒビを入れた。

だがそのヒビは、決して悲しいだけのものではなかった。

卵にヒビを入れて雛《ひな》が生まれるように、夏子の人生を刷新するものだった。

「……いかんな」

熱に浮かされたように喋《しゃべ》って、頭を振る。

「昔語りに熱中するのは、現実に疲れている証拠だ」

「ご主人様の周囲は、何かと慌ただしいですから」

禰《ね》子《こ》の言葉に苦笑いさせられた。

ひな子の訃報に、英世《ひでよ》が抱えた闇の暴露と続いたのだ。

盆と正月が一緒に殴りかかってきたかのような慌ただしさだ。心労が溜《た》まるのも当然のことだった。

そして、夏子に帯同する禰子も慌ただしさを味わっていたはずだ。

禰子だって心労が溜まっていることだろう。

それでも禰子は夏子の人生に寄り添ってくれている。

それがとてもありがたく思える。

「感謝しているよ、禰子。本当にありがとう」

禰子に真正面から向き合い、夏子は言う。

普段は照れくさくて言えないような感謝も、この時は自然と口を突いて出た。

「ど、どうしたんですかいきなり。いつものご主人様らしくありませんね」

禰子が照れたようにはにかむ。

「……月が綺麗《きれい》だからかな」

夏子は照れを隠すため、視線を窓の外に逃がした。

だいぶ傾いた月は、部屋の中の二人を静かに見守っている。

空が白んでくる。じきに夜明けだ。結局二人は、長い夜を最後まで共有した。

Ⓚ

十二月の中旬。

夏子と浅草デートをした学級委員・薫《かおる》が、神田高等女学校を中退した。

寮を退出する前、薫はやはり夏子に会いに来た。

夏子は彼女と暫《しばら》く歓談した。やがて別れの刻限となった。

「結婚しても、たまに遊びにいらっしゃい」

夏子は薫にそう呼びかけた。薫が喜ぶだろうと思っての発言だった。

ところが薫は笑いながら首を横に振る。

「いいえ、先生。私はもう二度と先生にお会いすることはないでしょう」

夏子は驚いた。どうして、と尋ねた。

「先生、今日の私、素敵でしょう？　洋服も、顔も、髪型も」

薫はそんなことを言った。

素直に頷《うなず》けば、薫は目を細める。

「初恋を抱えたこの年の顔、この月の服装、この日の髪が一番好きなのです。私の人生で一番素敵な私を、先生の脳裏に留《とど》めておきたいのです。絵画のように、十年も、百年も、変わらぬ姿のままで」

ですから、と薫は言う。

「先生。今日で御別《おわか》れです。初恋を胸にした一番素敵な私を、先生の頭の中に焼き付けていきます。私は今日を限りに先生の前から姿を消し、最高の私を先生の記憶に刻みます。ですから今日で御別れなのです」

「そういうことね」

夏子は微笑《ほほえ》む。薫のセリフが、かつて漱石が書いた小説『三四郎』からの引用であることを、著者である夏子は理解している。

「織部《おりべ》さん。あなたは私の中で『画《え》』になるつもりなのね。変わらぬ姿のままで、私の思い出に生き続ける」

「はい。そして夏子先生は私の中で『詩』となり、私の心で生き続けることでしょう」

部屋に漂うヘリオトロープの香りが二人を包み込んだ。

互いの門出を祝福し合うように、目線と目線が結びつく。

「それでは先生、ごきげんよう」

薫が去っていく。互いに納得ずくの今生の別れ。

自分の生きる道を見出《みいだ》して歩き始めた乙女。

彼女の背中が、夏子の目には何だか大変大きく見えた。


そして、一九一一年十二月下旬。

神田高等女学校は冬休みの時期を迎えた。ついでに、夏子の食欲も復活していた。

多くの女学生は年末年始を自宅で迎えるために寮を離れて、寮に残っているのは一部の女学生と僅かな教員のみとなる。

夏子と禰子も残留組だ。

寮の人数が少ないと、普段はあまり交流のなかった上級生と下級生が交流を始める。

下級生は大人びた上級生を見て熱を上げ、上級生もまた、初々《ういうい》しい下級生たちに笑みを向ける。

互いに笑えば、距離が近づく。寮の外は寒風が吹いているが、寮の中の談話室は温かな会話に満ちる。学年の枠を超えた友情はかくも麗《うるわ》しい。

「お姉さまの御髪《おぐし》は今日もお綺麗です」

「うふふ。そういうあなたの唇は、今日も素敵に色づいて」

「ああ、お姉さま」

「うふふふふ」

…………。

談話室の様子を見に来ていた夏子《なつこ》は悩む。

眼前で繰り広げられている光景は、果たして「学年の枠を超えた友情」だろうか。

先日、禰子が「妙に距離の近い娘たちが増えた」と言っていたのが思い出された。

なんでも、神田高等女学校が学業を解放した副作用だという。

自由で大らかな気風となり、開放的な友情に走る者が現れだしたのだとか。

「まぁ、そういうこともあるだろう」

夏子は気にしないことにした。

学校に奉職していると、こういうことはたまに目にする。

年頃の男女は、恋の階段を昇り始めるにあたり、異性に向かう前に同性に向かうことは度々あるものなのだ。

敬愛する長兄・大助《だいすけ》も美青年であり、在学中（男子校）に同級生や先輩から艶文《ラブレター》を貰《もら》い、その後の人間関係に苦労したという。

そんなわけで、夏子の人生経験は、眼前の光景を「許容範囲」と判定した。

この程度で驚いていては、個性が強すぎる弟子どもを統率なんてできないのだ。

「あら、蒔田内《まだない》さん」

ふと、談話室に禰子の姿があったので、呼びかける。

いつもの呼び捨てではなかった。

他の学生もいる場なので、余所《よそ》行《い》きの呼びかけ方だ。

「…………！」

禰子は夏子に気付くと、そそくさと離脱していく。

「？」

はて。気のせいか、禰子に避けられているように見える。

「蒔田内さん。ちょっとお話があるの。蒔田内さん？」

夏子は禰子を追う。禰子は逃げる。

その様子を、談話室にいる女学生たちが、熱を帯びた視線で見つめていた。

「オイ、逃げるとはどういう了見だ」

「そりゃ逃げますって」

逃走劇の終着点は、人気《ひとけ》のない廊下だった。

夏子が禰子に追いついて肩を摑《つか》んだ。

そのまま詰問《きつもん》すれば、禰子は顔を真っ赤にして反論する。

「ご主人様、ご存じではないのですか」

「何が」

「私たちの噂《うわさ》です」

「噂？」

「その……教師と学生という枠を超えた関係を持っているという」

「は？」

夏子は目を剝《む》いた。

いや、噂はある意味で正しい。

夏子と禰子の関係は、教師と学生という言葉では括《くく》り切れない。それは事実である。

けれども、その噂とやらが匂わすところは、爛《ただ》れた関係性だ。それは事実に反する。

「何でそんな噂が流れた？」

「まぁ、私たちは何かと一緒に動いていますから。私たちの関係を勘繰る娘も出てきていたのでしょう」

「それだけでそんな噂になるか？」

疑問を口にすると、禰子の目が泳ぐ。

答えは知っているけど言いたくない——そんな心情が透けて見えた。

「…………」

無言の圧をかけると、禰子が観念する。

「じ、実はですね。先日の真夜中、私がバナナを持ってご主人様の部屋に向かうところを目撃していた娘がいたらしくて」

「それ、お前のミスだよな？」

「その娘は与謝野晶子《よさのあきこ》さんのファンであったみたいで、バナナを如何《いかが》わしい果物と考えていたようで……」

「お前はその娘の勘違いが原因だと言いたげだが、俺からすると、お前の過失割合が十割だからな」

夏子の脳内裁判では、裁判長と検事と弁護士が禰子に対する有罪の断を下している。

疑われるようなことをした禰子《ねこ》が悪い。そう思った。

「でもご主人様も悪いんですよ？」

ここで禰子が反論してくる。

「美人なのに独身だから、元々ご主人様は『女性しか愛せない女性』だと囁《ささや》かれていたのです。ご主人様に元々噂が立っていたところ、たまたま私の噂が重なっただけなんです。ご主人様の咎《とが》を考慮した上で、私の過失割合の見直しを求めます」

「待て。この学校じゃ、俺に女性愛者の噂が立っているのか？」

「はい」

禰子は説く。

二十四歳で独身の女性というのは、この時代においては珍しい。

特に夏子は眩《まばゆ》い美貌を持ち、おまけに帰国子女という設定なので、少なくとも海外へと足を延ばせる程度の良家の出として認識されている。

美貌と家柄に恵まれつつも独り身な夏子に、女学生たちは二つの可能性を見出した。

ひとつは、性格がどうしようもなくブスな悪女で、結婚相手がいない可能性。

もうひとつは、女性しか愛せないので結婚に不向きという可能性だ。

神田高等女学校の生徒たちは、すぐに前者の可能性を否定した。

夏子先生は良い人であり、自分たちに学びと夢を授けてくれた聖女である――その認識があったからだ。聖女視には薫《かおる》が一役買っていたことは、想像に難《かた》くない。

となると、夏子の独身の理由は一つ。

夏子が女性しか愛せない女性だからである！

と、女学生たちはそう推理したのだという。

「すごく困るんだが」

夏子は頭を抱える。

世を忍ぶ必要がある身が、世を騒がせそうなネタを背負ってしまうとは。

「否定しようにも、ご主人様が女性愛者なのは事実です」

「まぁ、人並み程度に女体を嗜《たしな》んできたからな」

「人並み？」

「……何を言いたいかは分かる。その口は噤《つぐ》んでおけ」

禰子の頭にあったのは、おそらく漱石《そうせき》の子の数だろう。

「ちょいとよろしいですか」

二人に声がかかった。

見れば、藤田《ふじた》が近づいてきている。

彼の顔には曖昧な笑み。野口英世《のぐちひでよ》がよく浮かべていた、己の本心を隠す笑みだ。

微《かす》かに剣呑《けんのん》な気配が香る。

夏子と禰子が緊張を共有すると、藤田が言葉を継ぐ。

「校門でお客様がお待ちです」

「誰だ」

「芥川《あくたがわ》と名乗る若い方です」

「芥川……？」

すぐに思い至る。芥川龍之介《りゅうのすけ》だ。

最近になって筆を再び手にしたという、大いなる才能を秘めた青年である。

木曜会の構成員であった彼がやってきたというあたり、良い展開は期待できない。

「穏やかなお話であればいいんですがねぇ」

笑い皺《じわ》で誤魔化しているが、藤田の目は鋭い。

彼は元々、鷗外《おうがい》の命令で夏子を監視している身だ。

木曜会を構成していた青年の来訪は、藤田にしてみれば警戒すべきこと。

当然、彼は鷗外に報告をするだろう。

「ひとまず俺は対応する。禰子、お前は表には出てくるな」

「分かりました」

禰子が頷《うなず》く。藤田が主張する。

「この身も同行させていただきますよ」

「構わん。好きに監視すればいいさ」

「恐れ入ります」

藤田の物腰は柔らかい。けれど鋭い眼光を維持していた。

Ⓚ

校門で芥川龍之介と再会した。

夏子の姿を見て、彼が笑顔になる。

「ああ、またお会いできてよかった」

「芥川さん。どうしてこちらに？」

「知り合いから――高浜《たかはま》さんから、貴女《あなた》がここにいると教えてもらったんです」

影のある表情が似合う青年は、今日は快晴のように明るい。

「実は、どうしても貴女にお礼が言いたくて」

「お礼？」

「はい。あの日、浅草で僕を立ち直らせてくれたお礼です」

夏子《なつこ》は拍子抜けをした。

「それでわざわざご足労を？」

「あの日、貴女にいただいた励ましは、僕の人生において大きな意味を持つことになりました」

そんな大上段に捉えずともいいのに。

そう思っていた夏子は、彼が続いて放った言葉で心を冷やされる。

「以前お話しした、僕の尊敬する文学の先生に、近々会うことになりそうです。貴女が僕の文学を取り戻してくれたお陰で、僕も先生に会わせる顔ができました」

彼が尊敬する文学の先生とは、夏目《なつめ》漱石のことである。

夏目漱石は修善寺《しゅぜんじ》の大患で死んだことになっている。

その漱石に会うことになるとは、三途《さんず》の川を渡るということだ。

「芥川さん。まさか、あなた……」

自殺でもする気なのだろうか。

声を震わせて尋ねれば、芥川は「しまった」と言いたげな顔をする。

「ああ、違うのです。自殺なんて露ほども考えていませんよ」

「では、他界された文学の先生に会うというのは？」

「死んでなんていなかったんです」

芥川は底抜けの笑みで発言してくる。

――一体こいつは何を言い出すんだ？

夏子は、足元の底が抜けたような心地になった。

「これをご覧ください」

芥川は懐《ふところ》から一枚の紙を取り出した。

見れば――檄文《げきぶん》である。太い毛筆が生み出す勇壮なる筆致で、弾圧を強める政府を糾弾し、作家たちに団結を呼びかけている。

言葉遣いは古典的だが、品がある。ターナーの絵のような枯淡の趣がある。

美文である。漱石はまず、その点に驚かされた。ただの作家ではなく、文豪と呼ばれるべき者の文章であることは瞭然だった。

そして、更に驚くべきは、檄文の出状人の名であった。

「夏目……漱石⁉」

自分の名が書いてあるのだ。

もちろん、夏子はこんな檄文を書いた覚えはなかった。

（一体何なんだ、これは。誰がこんなことを⁉）

少しでも情報を集めるために、檄文の紙面に視線を蛇のように這《は》わせる。最初から最後まで目を通していく。

檄文の最後は、和歌が添えられていた。

八雲立つ
出雲《いずも》八重垣
妻籠《つまごみ》に
八重垣つくる
その八重垣を

（始まりの和歌《うた》――須佐之男命《すさのおのみこと》か）

スサノオ。

荒ぶる男神《おがみ》。神話の世界から地上に降りて伝説を成した、超越的な来訪者。

荒々しい神でありながら、詩吟を介する才もある。彼が詠んだ三十一文字《みそひともじ》の詩は、後の世の「和歌」の土台となった。

夏子の頭は火をくべられた蒸気機関のように働く。

（「妻籠」とは妻を籠《こ》めおく場所だ。つまりは家。転じて、安住の地を意味する）

（「八重垣」とは、八重にわたって張り巡らせた垣根。つまりは防御壁の意味だ）

（「その八重垣を」で和歌は終わる。省略されている文末の語は「護《まも》る」だろう）

得られた情報を整理すると、和歌も一つの檄文として成立している。

『作家にとっての安住の地は、いま脅《おびや》かされつつある。創作の自由を守りたければ、再び立ち上がれ。作家諸君が、安住の地を守る防壁となって、八重にわたり自由を守護する。そして防壁となった作家を護るのは、この私――夏目漱石である』

「――――っ！」

檄文に添えられた和歌の意味するところを全て理解し終えた時、寒風の中だというのに背中に冷や汗が伝った。

こんなものが世に出回っているのなら、とんでもないことになる。

「僕の尊敬する先生は……夏目漱石は、生きておられたのです！」

芥川は、夏子の顔が青ざめていることに気付けぬほど興奮している。

「芥川さん。落ち着いて」

夏子は呼びかける。

「冷静になりなさい。これは本当に、あなたの先生が……夏目漱石が書いたものなの？」

「信じがたいのは理解します。夏目先生の死は多くの新聞で報道されるところです。だがこの檄文からは感じるのです！　在りし日の先生が纏《まと》っていた御威光《カリスマ》と、同じ気配がするのです！」

檄文を見つめる芥川は、暗い荒海の中で灯台の光を見つけた難破船のようだった。

見つけた光を目指してひた走る。

そんなことしか考えていない眼《め》であった。

「この日、僕が文学を捨てたままならば、僕は檄文に呼応する資格はなかったでしょう。けれども僕は今、文学を取り戻している。作家として、また夏目先生の戦列に加わることができる。これほどの喜びがありましょうか！」

「芥川さん……」

「全ては貴女のおかげです。ありがとうございます！」

芥川は言い置いて去っていく。最後まで透き通るような表情だった。

いや、本当に透明だった。

曇りなく夏目漱石《そうせき》を信じて、そのまま消えてしまいそうなほどに。

「畜生！」

取り残された夏子は顔を押さえる。

「夏目漱石が復活だと……？　そんなバカな。俺はここにいるのに」

「ええ、あなたはここにいる。だがあなたの弟子たちは、別の場所に夏目漱石を見た」

藤田が冷静に告げてくる。

「仔細《しさい》は存じ上げませんが、『夏目漱石』が復活し、木曜会が結集しつつあります。このこと、森《もり》鷗外先生に申し伝えます。あなたにはお気の毒ですが、かの人が本気で動くなら、いくら木曜会とはいえ敗戦は必至でしょう」

「森先生が動くまでもなく、木曜会は全滅するかもしれん」

夏子は呻《うめ》くように言う。

「あのバカどもを止めなければ。木曜会の再蜂起なんて、あの男が許すはずがない」

「あの男とは、もしや」

「ああ」

夏子は一人の人物を思い浮かべている。

ヴァイオリンの音色が、耳に蘇《よみがえ》った。

「寺田寅彦《てらだとらひこ》だ。奴《やつ》が動き出せば、帝都が血塗《ちまみ》れになる」

【寺田寅彦】 史実

てらだ・とらひこ

土佐藩の士族の家に生まれた寺田寅彦は、漱石が熊本の第五高等学校（現在の熊本大学の前身の一つ）で英語教師をしていたときの教え子だった。自然科学と文学の両方を志し、漱石を主宰者とする俳句結社紫溟吟社を結成した。そのため、漱石の弟子の中では最古参の一人として位置づけられている。

一方で、東京帝国大学に進学後は物理学を専攻し、19歳で阪井夏子と学生結婚をした後（夏子とは5年後に死別）、同学の講師となってからも随筆家として活躍していた。特に、地震など自然災害への対策や、X線についての研究などで知られている。作中では木曜会に参加しなかったという設定になっているが、実際には津《つ》田《だ》青《せい》楓《ふう》の随筆『漱石山房と其弟子達』で、もっともよく集まったメンバーの一人として挙げられている。また、音楽や科学については漱石よりも詳しかったこともあり、木曜会以外にも漱石の家に出入りしていたことから、弟子というよりも年下の友人に近い関係だったという。

文学的な思想では、自然主義に近い発想を持っていた。これは現実の日常を描く日本の自然主義文学というよりも、ヨーロッパの自然主義がもともとは現実世界を科学的、分析的な視点で観察するという発想を持っていることから、科学者としての寺田寅彦のものの見方に関係しているとも考えられる。

【樋口一葉】 史実

ひぐち・いちよう

漱石の妻である夏目鏡子《なつめきょうこ》の著書『漱石の思ひ出』によれば、漱石の実父である夏目直克が警視庁に勤めていたとき、その部下にいたのが樋口《ひぐち》則義《たき》だった。

彼は夏目直克の片腕とも言える存在で、やがて夏目直克の長男（つまり、漱石の一番上の兄）である大助が、樋口則義の娘・奈津と結婚するという話がもちあがったのだ。

一葉自身は自分の名前を「夏子」「夏」「なつ」と書くことが多く、奈津《なつ》は彼女の戸籍上の本名。しかしこの縁談は、樋口則義が夏目直克にたびたび借金を申し込んだことをきっかけに破談になってしまう。

【樋口一葉】 虚構

ひぐち・いちよう

夏目漱石の元婚約者。並外れた美貌と文才を持ち、若くして世を去った——はずだった。実際は、その文才を惜しんだ森鷗外により、陸軍の研究施設で冷凍保存されていた。彼女の身体が、かつての婚約者だった漱石を救うことになる。

【与謝野鉄幹・晶子のバナナ】 史実

よさのてっかん・あきこのばなな

小倉清三郎《おぐらせいざぶろう》が1915年に立ち上げた「相対会」は、性欲について学術的に研究しようとするグループだった。この会には坪内逍遥《つぼうちしょうよう》、芥川龍之介《あくたがわりゅうのすけ》、平塚らいてうなども入会していた。与謝野晶子の夫・鉄幹も入会を希望し、そのときの小倉清三郎との面談で、妻である与謝野晶子の膣にバナナを入れてそれを食べたと話したというエピソードは、会員の一人だった金子光晴が1971年に刊行した『人非人伝』に書かれている。真偽のほどは定かではないが、鉄幹と晶子は非常に夫婦仲が良かったことはたしかである。

COLUMN

七章　夏目漱石《なつめそうせき》

『漱石山』
木曜会の面々が漱石を評する時、そんな言葉が出てくる。
夏目先生は気高き霊峰。仰ぎ見るべき、天を突く山である——という意味だ。
では、寺田寅彦という男をどう評するか。
木曜会の面々は、口をそろえて言うことだろう。
どこまでも深く暗い、底の見通せない人物——『偉大なる暗闇』であると。

寺田寅彦は、一応は夏目漱石の弟子である。
土佐藩士の家に生まれ、甘味と鰹節《かつおぶし》を好み、俳句とヴァイオリンを嗜《たしな》む男。
弟子の中では最古参だが、多くの弟子たちは寺田をよく知らない。
木曜会で副司令官の座にいながら、寺田は木曜会の活動に参加しなかった。
政府の手勢に抗《あらが》う時も、社会主義者を迎撃する時も、彼は戦列に加わっていない。
そもそも他人の前に姿を現さないのだ。

かつて一人の弟子が、漱石に抗議したことがある。姿を見せぬ謎の男なんかに、副司令官を任せるべきではないと、彼は言った。

漱石は苦笑いをして首を縦に振った。そして言った。

『お前の言うことにも一理ある』

『だが寺田君は姿を見せない方がいいんだよ』

『もしもお前が寺田君の姿を見る時があれば、それはお前が木曜会を裏切った時だよ』

その言葉の意味するところを悟った弟子は青くなり、以降は異議を挟まなくなった。


「寺田寅彦」

宿直室に、藤田《ふじた》の嗄《しわが》れた声が広がる。

「彼の父親は、かつて土佐藩のために実の弟の首まで刎《は》ねたという処刑人。その刀を継ぐ寺田寅彦も、剣術においては比類なきものと聞き及びます」

「彼は木曜会の裏を担《にな》っていた」

夏子《なつこ》は腕組みをしながら言う。

「政府や社会主義者が木曜会に間諜《スパイ》を忍び込ませようとしたことは度々あったが、その全てを寺田君が看破して企《たくら》みを潰していた」

「あの人はそれを、ご主人様のあずかり知らぬところで、しかも無断でやってましたね」

場には禰子《ねこ》もいる。

事態が予想外の方向に転がり始めたため、急遽《きゅうきょ》召集をかけたのだ。

本来は夏子と禰子の二人きりで足る会議。だが、藤田の同席を許した。

夏子と禰子の二人だけの話にこだわれば、藤田は不信を鷗外《おうがい》に伝えるだろう。

それならばいっそ、こちらの会話を全部開示し、争う姿勢がないことを見せつけた方がいいという計算があった。

「他にも寺田君は、政府との交渉を一手に引き受けていた」

「これもご主人様に無断でやって、事後報告もありませんでしたけどね」

「寺田君は俺をないがしろにはするが、俺が損をする行為だけはやらない男だよ。政府との和睦や木曜会の解散にしたって、俺や俺の家族に損がないと考えたうえの措置だろう」

「ですが今、ご主人様の名を騙《かた》る何者かが檄文《げきぶん》を世に放ち、木曜会に再蜂起を促しています。これを寺田さんが知ったら、あの人はどう動くでしょうか……」

「寺田君は、俺の損にならない行為であれば、どんなことも仕出かす男だ」

そう。それが厄介なのだ。

「木曜会の再蜂起なんて、どう考えても無茶だ。政府は木曜会の残党を警戒して守りを固めている。今更蜂起したところで、今度は軽く蹴散らされるだろう。負ければ作家は今度こそ、政府の道具になり果てる」

「それはご主人様が望む未来ではありませんし、寺田さんもそれを察しているでしょう」

「だから寺田君は動くだろう。檄文に釣られた愚か者どもを、粛清しようとするだろう」

木曜会の面々は強い。

かつての戦いでは、高い士気と鍛え上げた肉体で政府に伍《ご》した。

それでも今回は勝てないだろう。元々、彼我の戦力差は歴然なのだ。加えて、かつての戦いには森鷗外が政府の戦列に加わっていなかった。今回はおそらく鷗外も敵に回る。

――勝てるはずがない！

そう思った。

そしてそれは正しい読みだった。

「俺たちがやるべきことは二つだ」

夏子はまず、方針を示す。

「一つは、作家たちの暴走を止めること。このままでは木曜会の面々と寺田君との衝突になる。輝かしい作品を生み出す数多《あまた》の文才たちが、彼の刀に脅かされる」

「すぐに動く必要がありますね。それで、もう一つは？」

「作家たちを煽動《せんどう》している存在――夏目《なつめ》漱石とやらを拿捕《だほ》することだ」

そう。

騒動の源流はこいつだ。

謎の存在『夏目漱石』。

檄文ひとつを以《もっ》てして、芥川龍之介《あくたがわりゅうのすけ》に本物の漱石であると誤認せしめた怪人だ。

こいつと向き合うことを避けては、この危機は乗り切れない。

「して、お二人はどう動かれるおつもりで」

藤田が問うた。夏子は応じる。

「暴走している作家たちは俺が抑えよう」

ここで夏子は禰子をちらりと見る。

次の言葉を口にするのには時間を要した。

逡巡《しゅんじゅん》がある。言葉は喉元まで出かかっているが、舌から先に向かおうとしない。

「お気遣いは無用です」

禰子がはっきり言った。

「私だって、この状況を変えたく思っているんです。危険は承知です。命じてください」

「！」

　夏子は驚いた。

　まったく、禰子ときたら。いつの間にこんなに逞《たくま》しくなったのか。

　禰子の成長を見誤っていた己を恥じた。そして告げた。

「檄文を出状した人物の所在を洗ってほしい。危険が伴うが、やれるか？」

「はい」

　禰子の頷《うなず》きには迷いがなかった。

「そして藤田。頼みがある」

「聞ける範囲でなら、伺いましょう」

「森先生に伝えてほしい」

「如何《いか》に」

「俺と禰子、そして寺田君がしくじり、いよいよ木曜会が暴走した場合は——森先生自らが、積極的に鎮圧にあたってほしいと」

「…………！」

　藤田が目を見開いた。

「木曜会を森先生が鎮圧すると？　それはつまり、軍医総監が動かす陸軍第一師団が？」

「森《もり》先生自身もまた作家。創作の自由に理解のあるお方だ。あの人が木曜会を鎮圧したとして、きっと木曜会の作家だけの咎《とが》で済ませてくれる。他の作家に被害が及ばないように努力してくださるだろう」

「警察とはわけが違いますよ。陸軍第一師団が木曜会と激突すれば、木曜会の構成員の命が危うくなります。それをご承知での頼みですか?」

「どの道、表現の自由が奪われたら生きていけないような奴らが大半だ」

「………………」

藤田は少し黙している。

彼の目がチラリと禰子の方を向いた。

「……いいでしょう。こんな娘さんまでもが命を懸けている状況です。この身の心も動きました。あなたの願いについて、森先生にきちんとご報告しておきましょう」

「助かる」

羅針盤の針は定まった。後はただ、進むのみ。

Ⓚ

東京都駒込千駄木《こまごめせんだぎ》町五十七番に、庭付きの大きな家がある。

門の表札には「千朶山房《せんださんぼう》」とある。

繊細で正確な筆遣いは、森鷗外のものだ。

ここはかつて森鷗外が住んでいた家だ。

森鷗外が引っ越してから十年後、今度はここに夏目漱石《そうせき》が住み、多くの弟子たちを招き入れた。

今の夏目邸は早稲田《わせだ》にあるが、この千朶山房に思い入れのある弟子たちは多い。

だから、弟子たちが集うなら、おそらく千朶山房だろう。そう睨《にら》んでいた。

「道を開けてくださいな！　少々、急いでおります！」

今、夏子は一陣の風となり、往来のど真ん中を走り抜けている。

とてつもない速力に、往来を行く人々が慌てて道を開けていた。

神田高等女学校から目的地まで、歩けば一時間少々。

その時間を二十分まで縮めるため、夏子が用いた手段が自転車だ。

庶民には手が届かぬ品であったが、神田高等女学校には一台備え置かれていた。それを拝借したのだ。

運転技術は英国で鍛えた。樋口一葉《ひぐちいちよう》の体になっても、きちんと乗りこなせている。

やがて懐《なつ》かしい区画に差し掛かった。
かつて住んでいた地、千駄木だ。じきに懐かしい家が見えてくる。今は空き家となり、
新たな借り手を募集しているとは風の噂《うわさ》で聞いている。
あとはそこに、木曜会のメンバーが集まっているかどうか。
その答えが明らかになるのは、もう間もなくのことだ。
と——

♪

演奏が聞こえてきた。ヴァイオリンの音色だ。
ショパンのノクターン第2番。夏子がよく知る者が得意としていた演奏曲。
穏やかな調べが、夏子の心臓の音を慌ただしくさせる。
(しまった。事はとっくに進んでいたのか!)
夏子の読みは当たった。
門扉《もんぴ》をくぐり、邸内に入ると、庭には何人もの人間が転がされていた。
誰も彼もが見た顔だ。木曜会を構成していた作家たちである。

倒れている面々の中に、芥川龍之介の姿があった。

彼はうつ伏せになりながらも、拳を握って立ち上がろうとしている。

だが、芥川の後頭部はブーツで踏みつけられ、彼は意識を刈り取られた。

「…………ッ！」

夏子《なつこ》は、芥川の意識を刈り取った男と対峙《たいじ》する。

男はコーヒーのような闇色のスーツを着込み、腰に日本刀を帯びている。

歳《とし》の程は三十過ぎだ。

ヴァイオリンを手にしてショパンを奏《かな》でる様は優雅で、場の作家たちを全滅させた男だと想像するのは難しい。

だが、間違いなく彼がやったのだ。

彼をよく知る夏子はそれを確信していた。

「おや、君は誰だい？」

演奏が止まる。色素の薄い瞳が夏子を見据えた。

「ここは今から、お嬢さんには少々刺激の強い場になるよ。すぐにここから離れなさい」

「そうもいかないんだがな、寺田《てらだ》君」

在りし日のままに、夏子は呼びかけた。

「…………？」

ヴァイオリンを手にした男――寺田寅彦《とらひこ》は、興味深げに夏子を凝視する。

「随分と不思議なお嬢さんだね。懐かしい語り口だ。夏目先生を思い出すよ」

「思い出すも何も、俺が本人だ」

芥川を含め、場の作家たちは全員意識を刈り取られている。

だからこそ正体を口にできる。

寺田を相手に正体をはぐらかすのは危険だった。正体を口にする前に、腰の日本刀の一《いっ》閃《せん》が襲い掛かってくる可能性があったからだ。

「君が夏目先生？」

「そうだ。樋口一葉の体となり、今は夏子と名乗っている」

「あまり愉快な冗談じゃないね」

寺田が目を細める。剣豪特有の「遠山《えんざん》の目付」か。

相手の一か所を見るのではなく、山を見るように見る。相手に「どこを狙っているか」を悟られないようにするための、戦闘用の眼差《まなざ》しだ。

この目を寺田が見せた以上、常に斬られることを想定する必要がある。

夏子はそれを承知で、寺田の間合いに身を置き続ける。

「お嬢さん。夏目漱石先生の名を騙《かた》るのなら覚えておいた方がいいよ。夏目先生は独特のカリスマを持っていて、師事した者は今なおその気配を覚えているんだ」

「俺にはその気配を感じないと？」

「そうだね。芥川が見せびらかしていた檄文《げきぶん》の方が、まだ夏目先生の気配がする」

夏子は言葉に詰まった。

自分は確かに夏目漱石のはずだ。

でも、芥川も寺田も、夏子に夏目漱石の気配を見出《みいだ》していない。

彼らの言う「カリスマ」とは、体が変われば発揮できなくなるものなのか。

――ちがう。

夏子は否定する。カリスマとは精神性。体ではなく心の作用だ。

自分が「夏目漱石」であるための何かを欠いている。

寺田たちとの会合でそう思えた。だが、何を欠いている？

答えが見つからぬままに、寺田と向き合い続ける。

今は芥川たちを助けるのが先決だ。

「あの檄文に漱石の気配を感じ取ったなら、なぜ寺田君は檄文に呼応しない？」

問いかければ、寺田の薄い眼差しに冷ややかな光が宿った。

「今の平和は僕が政府との交渉の末に生み出した作品だ。誰だって、自分の作品を粗略に扱われるのは嫌なはずさ」

「そりゃまぁ、そうだ」

「檄文の出状者が本物の夏目先生か、あるいは偽物《にせもの》か。そんなこと僕にとってはどうでもいいことなんだよ。偽物だったら斬る。本物だとしても、勝ち目のない戦いに他者を巻き込む先生には大いに失望するから、やはり斬る。どの道結果は一緒なんだよ」

「君というやつは……」

ああ、こいつは寺田だ。どうしようもなく寺田寅彦だ。

こんなやつだから、逆に信頼がおけた。木曜会の副司令官も任せられた。

そんな男を相手取るキッさが、骨身にしみてくる。

まったくもって厄介だ。

だが、勝てないかと言えば——勝てる。というより、もう勝っている。

「で、どうする気だい？」

寺田は夏目の進退を問うてくる。

「僕はこの暴徒予備軍どもの首を獲《と》る。君が大人しく退《ひ》いてくれればそれでよし。退いてくれなければ……どうしようかな」

「素直に『斬る』の一言でいいだろうが」

「いや、美人は好きなんだよ。イチゴと、コーヒー、そして花……その次くらいには好きなんだ。できれば手折りたくないんでね」

「手折る？　冗談を」

夏子は不敵に笑う。

「君の負けだ、寺田君。自分で一番よく分かっているはずだ。俺が自己紹介をした時点で君はもう負けている」

「…………」

「それとも、負けを覚悟で勝負してみるか？」

夏子は太股《ふともも》に添えていた拳銃をゆっくりと抜き、寺田に向ける。

途端。

一閃。銀色の光が宙を奔《はし》った。

寺田が夏子に肉薄。抜き放った刀の切っ先が、夏子の喉笛に突きつけられる。

少し遅れてヴァイオリンが地面に落ちる音がする。後にはただ、静寂。

「……どうした」

寺田に銃口を向けながら、夏子は微笑《ほほえ》む。「終わりか？」

「…………」

「あと一寸《ちょっと》、切っ先を動かすだけで俺を手折れるぞ。やらないのか」

「……できるはずがないことは、ご存じのくせに」

寺田が恨めしげな目線を向けてくる。彼なりの降参の合図だ。同時に、彼が夏子のことを「夏目《なつめ》漱石」と認めた証《あかし》でもあった。

納刀する寺田を前に、夏子もまた拳銃をしまう。寺田が寂寥《せきりょう》の滲《にじ》む呟《つぶや》きを落とす。

「夏子という名の女性を、僕が斬ることなんてできませんよ」

そう。夏子は知っていた。

寺田寅彦は十九歳のころ、「夏子」という女性と結婚していた。

彼女は若くしてこの世を去って、寺田は再婚したが、今なお彼女のことを引きずっていることも承知だった。

だから夏子の名を出せば、寺田は必ず攻撃を躊躇《ためら》う。その打算は的中した。

「ふふ。君のような男でも、死んだ細君は今なお恋しいか」

戯《たわむ》れに問いかけてみる。すぐに寺田も笑みを取り戻す。

「不人情な質問の仕方は、やはり夏目先生ですね。ご無沙汰しております。ひな子《こ》ちゃんはお元気ですか？」

「不人情返しやめろ」

寺田がひな子の訃報を知らないはずがなかった。

死んだ妻を出汁《だし》にされた寺田からの、強烈なカウンターだった。

夏子は寺田に仔細《しさい》を話す。

倒れている作家たちは捨て置いた。全員存命であることは確認済みだし、剣呑《けんのん》なことを仕出かそうとした奴《やつ》らへのお灸《きゅう》の意味もある。

「……先生の人生は、退屈する間もないんですね」

漱石《そうせき》が夏子になり、女学校の教師をやっているところまでを簡単に語れば、寺田はそんな言葉で評してくる。

「色々と話したいことはありますが、目を向けるべきは別にあります」

「ああ。檄文を書いた『夏目漱石』をどうするかだ」

木曜会の司令官と副司令官の二人の会話は、律動《リズム》が速い。

トントン拍子で情報交換をしていく。

「手は打ってあるんでしょう？」

「禰子《ねこ》に調査を依頼している。ただ、危険な仕事だ。命じるのに心苦しくはあった」

「個人主義を掲げる先生にとっては、滅私奉公なんて求めていらっしゃらないでしょう。ですが彼女にとっては、先生のために命を懸けることは本望でしょう」

「そうなのか？」

「先生は、彼女との出会いについてお忘れですか？」

「記憶にない」

「なるほど」

寺田は少し考え込む。そして論じる。

「あなたが木曜会の司令官・夏目漱石であることを僕は信じます。だが今、あなたは夏目先生の脳を持ちながらも、かつての先生の気配《カリスマ》を欠いている。言い換えれば、夏目先生の心を欠いている」

「こころ……」

「禰子ちゃんと先生の出会いは、先生の心に深く響いたものであったと聞いていますよ」

寺田は懐《なつ》かしむように言って、眼《め》を鋭くする。

「先生と禰子ちゃんとの思い出について、僕が語ったところで意味がありません。二人の思い出は、先生ご自身で取り戻すべきもの。それは、先生の心に欠いた穴を埋めることに繋《つな》がります」

「分かっている」

「ゆっくり焦《あせ》らず……と言ってあげたいところですが、時間は有限です。檄文が配られた作家たちはまだいます。彼らが暴発しないよう、僕は睨《にら》みを利《き》かせないといけない」

「十分だ。君が抑止を担《にな》ってくれるなら、檄文の『夏目漱石』への対応は俺がやる」

「任せましたよ」

「作家たちは殺すなよ」

「努力目標として心に留《とど》めます」

あっけらかんと寺田《てらだ》は言う。

正直、釘《くぎ》を刺してもなお気がかりである。

寺田とは事実上は対等の間柄だ。彼が命令を素直に聞く保証はない。

それでも、糠《ぬか》に釘とはいえ、釘を刺したことは大きい。そう思うことにした。


その夜。

夏子《なつこ》は神田高等女学校の門扉《もんぴ》の前に立ち続けている。

今夜は寒い。ちらちらと雪が舞うなか、禰子の帰りを待つ。

時折振り返るのは、背後に禰子がいるかもしれないから。
『ご主人様を驚かせようと思って――』
そんなことを言ってくる、ちょっと背伸びする彼女がいるかもしれないから。
だが、振り返っても彼女はいない。
待てども禰子が帰ってこない。
なおも待とうとする夏子を藤田が諫《いさ》めた。
藤田が門を閉めて施錠《せじょう》するのを、夏子は見守るしかなかった。

翌日。
神田高等女学校の校門前に、折れたナイフが落ちていた。
見覚えのあるナイフだった。禰子のものだ。

Ⓚ

宿直室にて。
夏子は、折れたナイフを手にしている。

「……あのお嬢さんは敵の手に落ちたとみえますな。戦闘の上、囚《とら》われたのでしょう」

藤田が言った。

幾分か気づかわし気な声音である。

「………」

夏子は無言で、ナイフを見つめ続ける。指先でナイフを確かめ続ける。

ふと、夏子はナイフの柄《つか》の部分に注目した。刃と柄の結合が、心なしか緩い。

「ドライバーとハンマーはあるか?」

「ちょいとお待ちを」

宿直室なので、用務備品の備えはある。

藤田に差し出された工具を握り、ナイフの刃と柄の部分を分離していく。

刃のうち、ナイフの柄に隠れていた部位が露《あら》わになると、文字列が彫られている。

「そりゃ何ですかね。この身の目じゃ、小さすぎて」

「地名が記してある。東京の鄙《ひな》も鄙なところだ。あと、簡易なメッセージもある」

「メッセージ?」

「『一人で来い』だそうだ」

禰子が彫ったものではないだろう。

十中八九で敵の仕業だ。禰子を餌にして、夏子を誘い出そうとしている。

ナイフの柄の中のメッセージに夏子が気付くことも、敵は織り込み済みらしい。

「罠《わな》だということはお分かりですね？」

「ああ」

「それでもお行きになると？　向こうの指定どおり、お一人で？」

「もちろん」

夏子の太股で待機している拳銃。

その拳銃の弾倉で待機しているのは、殺傷用のダムダム弾。

命のやり取りを行う用意はできていた。

誘われるままに向かうまでだ。


指定された場所は、東京ではあっても「帝都」とは呼び難《がた》い田舎だった。

そこには小さな廃寺がある。

近所の住民たちでさえ、ここに寺があるのを忘れてしまっているのであろう。そんなことを思わせる荒れ方だった。寺の死骸と表現するのがふさわしいかもしれない。

堂内に足を踏み入れる。

天井や壁は所々で朽ちており、寒々しい陽光が注いでいる。

堂内には粗略な造りの仏像がある。

その足元に、意識を失っているのであろう禰子が縛られていた。

「禰子！」

駆け寄ろうとする。

その足が止まった。

背後に、強烈な重圧《カリスマ》を感じたのだ。

「ッ！」

振り向きざまに構えた銃は、一瞬にして取り上げられた。

夏子の背後を取った人物は、夏子の自動拳銃をくるくると弄ぶ。一つ、また一つと拳銃のパーツが分解されていき、十秒を数えぬ間に、床には解体された拳銃が転がされた。

「落ち着きなさい」

漱石の銃をバラバラにしたのは、重い声を持つ男だった。

彼が放つ言葉の響きには、深遠なる知識が感じられる。

その男はスーツを着こなしていた。

壮年である。左目に眼帯、咥《くわ》え葉巻といった風貌。肩幅は広く、口髭《くちひげ》は豊かだ。

そして、彼の右目は青かった。

初めて見る顔だった。

だが夏子は、彼が何者なのかをすぐに察した。

元々、ここに到着する前に、敵の正体は理解していたのだ。

芥川《あくたがわ》や寺田は、かつての漱石のカリスマを、檄文《げきぶん》から感じ取ったと言っていた。そして漱石がかつて宿していたというカリスマは、ある人物との縁で得たものである。

確証はなかった。想起した人物は、七年前に死んでいるはずの身だからだ。

相対して理解した。彼こそが偽りの『夏目《なつめ》漱石』。

そして眼前の彼は、まぎれもなくあの人物であると。

「小泉《こいずみ》……八雲《やくも》！」

名を叫べば、男——小泉八雲は不敵に笑う。

「いかにも。小泉八雲です。あなたに大学を追われた、小泉八雲です」

——嗚呼《ああ》。

夏子は理解した。

かつて積んだ業が今、自分に襲い掛かろうとしているのだと。

八雲は夏子の脳移植のことも、全て承知済みのようである。

ならば話は早い。夏子は直球の言葉をぶつけにかかる。

「病死したと聞いていたが？」

「悪い患《わずら》いを得ていました。死神に肩を摑《つか》まれるのが怖かったです」

「誰だって死にたくはない」

「いえ、元々この世に未練はありませんでした。だけど学生たちとの出会いで心変わりしました。学生たちは私にとって宝物でした。彼らの卒業を見守りたいと思っていました」

その望みが奪われたことを、夏子は知っている。

彼から学生を取り上げたのは、夏目漱石《そうせき》だからだ。

「許し難かったです」

八雲の碧眼《へきがん》が夏子を睨む。

「あなたは私の夢を、学生たちを、奪いましたね」

「恨み言なら大学に言え！」

一喝と共に、夏子が攻勢に出る。

袖口から取り出したのは折れたナイフ。それを八雲の顔面に向けて投擲《とうてき》したのだ。

八雲は電撃的な反応をした。飛んでくるナイフを手で振り払うと、そのまま夏子の腹に拳を浴びせる。

「ぐ……っ⁉」

夏子はその場に膝をついた。

腹を殴られたのに、頭が揺れる。相手の拳の威力は予想以上だ。

「昔語りをしましょうか」

隙だらけの夏子に対し、八雲は追撃を選択しなかった。

代わりに昔語りをし始めた。

「四歳のころ、母が死にました。七歳の時、父が死にました。親戚の家に預けられた私に待ち受けていたのは、要らない奴《やつ》だと罵られる日々。そう、私はずっと、不要者でした」

重く暗い声の語りだ。

その内容が、夏子の心の柔らかな部分をギュッと掴んだ。

「私の人生は、その後も不要者でした。心の置き所がありませんでした。だけど、この国の学生たちは、私を必要としてくれた。私は嬉《うれ》しかった！」

八雲はギリシャの出身である。

西洋の神話の国から極東の島国に来て、そこでようやく心の居場所を得たという。

「だからこそ許し難いのですよ。私から学生を……生きがいを奪った、あなたが」

八雲の拳が握られる。

「あなたに報復するまでは死ねない。そう思いました」

独白は孤独に満ちている。

その孤独の情を、夏子は理解できてしまった。

「だから私は、博士の助力を得たのです。体の悪《あ》しき部位を、取り換えました」

「博士……取り換え？」

「血管、内臓、骨、あらゆる部位を換装しました。私はずっと眠り続けていた。世間では死んだことになっていますが、私は眠り続けただけです。復讐《ふくしゅう》の鬨《とき》を迎える日まで」

彼の体の裏には、狂気の片鱗《へんりん》が垣間《かいま》見《み》える。

博士とかいう何者かの手によって、人体改造を受けたのだと分かった。

――まるで俺と同じじゃないか。

夏子はそう思った。八雲と夏子は、あまりに似通い過ぎていた。

孤独を胸にした幼少時代を過ごし、死を偽装しつつ禁断の医術の加護で生き永らえてきた。その点までもが一致する。

「夏目先生。あなたも奪われるべきなのですよ。私と同じになるべきです」

八雲は拳銃を取り出した。

皮肉なことに、これも夏子と同様の自動拳銃。

二人はまるで合わせ鏡のようだった。

「あなたの人生から、この少女を奪う。あなたは私と同じ思いを抱くことでしょう。それが私の復讐です」

銃口が禰子《ねこ》の方を向いた。

「止《や》めろ！」

夏子は叫ぶ。

体中が熱かった。焦燥が夏子の全身を焼くかのようだった。

——嫌だ！

夏子は強く思う。

——もう失うのは嫌なんだよ！

夏子の時間の感覚が揺らいだ。

時間が水あめのように引き延ばされているような心理状態。

八雲の挙動が止まっているようにも見える。

不思議な時間体験のなか、夏子の脳に稲妻が奔《はし》った。

思い出したのだ。全てを。

Ⓚ

一九〇四年六月。夏目家に黒猫が迷い込んだ。

野良猫《のらねこ》であった。この世のどこにも身を置く場所がないらしく、夏目家に一縷《いちる》の望みをかけてやってきたようであった。

鏡子《きょうこ》夫人が何度か追い出そうとしたが、猫はしつこく家に上がり込もうとした。

それを見ていた漱石が「家に置いてやれ」と言った。

家から追い出されようとしている猫が、在りし日の自分を見ているようで辛《つら》かった。

こうして漱石の一存により、黒猫は夏目家の一員になった。

だが漱石は猫に名を付けなかった。

――俺が名を付けてもらえなかったのに、猫風情《ふぜい》が名付けてもらえる道理はない。

名前は、漱石にとってコンプレックスを惹起《じゃっき》するものであった。

自分が夏目家の証《あかし》である「直」の字をもらえなかったのに、猫が御大層に名をもらっているというのは、悔しかった。

――居場所は与えてやる。だが名は絶対に与えん。

漱石は頑迷だった。

自分が与えてもらえなかった幸せを、猫に与える気はなかった。

一九〇八年九月十四日の朝、黒猫が死んだ。

小説「吾輩《わがはい》は猫である」の主人公のモデルであり、日本一有名な猫となっていた。

猫自身は人間界での名声などまるで知らず、漱石に看取《みと》られながら死んでいった。

結局、名はなかった。


猫の死体を抱えながら、漱石の心は後悔の海に沈んでいた。

四年も共に過ごせば情も湧く。猫と一緒の日々に戻りたいと思える。

『寂しいよ』

漱石はそれを認めた。

黒猫もまた、漱石の人生の一部を構成していた要素だった。それが欠けた時、漱石の心にもポッカリと穴が開いた。

この空虚な心のまま生きていくのは、辛い。

漱石はそう思った。猫が生き返ってくれたらとも思っていた。

その一週間後のこと。九月二十一日の夜。

一人の少女が早稲田《わせだ》にある夏目家に泥棒に入った。

彼女は親を流行《はや》り病で亡《な》くした孤児であった。一人ぼっちで帝都に投げ出されて以来、盗みを生業《なりわい》として口を糊《のり》してきた。漱石が深夜の台所につまみ食いに来たところ、食料を物色していた少女と鉢合わせしたのだ。

漱石は彼女を縛り上げ、問うた。

『何を盗んだ？』

『変な芋？』

少女が観念したように、ボロボロの着物から山芋を取り出した。

『山芋を盗んでどうするつもりだったんだ。焼くか、煮るか、あるいはとろろ汁か？』

『とろろ汁？』

少女は首を傾《かし》げる。彼女の反応に、漱石も首を傾げた。

『まさか、とろろ汁を知らんのか？』

『知らない』

『あんなにウマいものを食ったことがないのか』

驚けば、少女は顔を歪《ゆが》める。

ウマさなんて追求したことがない。いつも空腹だから、何を食べても美味《おい》しい。しいて言うなら、両親が流行り病で死んだとき、泣きわめく自分を黙らせるため隣近所の按摩《あんま》師が恵んでくれた饅頭《まんじゅう》。あれが生涯でいちばんウマかった——と言ってきた。

それを聞いた漱石は『ちょっと待ってろ』と言った。

妻を呼んできて、事情を説明し、助けてほしいと頼んだ。

そして二時間ほどが過ぎ、真夜中になった頃。

夏目家の一室に座らされた少女の前には、茶碗《ちゃわん》に山盛りになった白米に、すりつぶされ粘性を宿した芋——とろろ汁が掛けられたものが出されていた。

そこにパラパラと鰹節《かつおぶし》がまぶされて、醤油《しょうゆ》がひと回しされる。少女のお腹《なか》が鳴る。

『食べろ』

漱石が言えば、少女は差し出された木の匙《さじ》を手に取った。

とろろ汁と白米をひと掬《すく》いにし、口に運んだ。

『——！』

彼女の目が見開かれた。

おそるおそるだった手の動きは、やがてせわしないものに変わっていく。

『そんなに慌てるな。おかわりもあるから』

まくまくと飯を食う少女を見て、漱石《そうせき》は目を細めた。美味しそうにご飯を食べていた、在りし日の黒猫を思い出したのだ。

ふと、耳元で声がした気がした。

――お前があまりに寂しがるから、俺の代わりを連れてきてやったよ。

聞き覚えのない声であったが、なんとなく声音が黒猫の鳴き声に似ていた。

『居場所がないのなら、ここで女中をしてみないか』

満腹になった少女に、漱石は打診してみた。少女は驚いたようだった。

学も名もない自分が、本当に女中をしていいのか――そう聞かれた。

漱石は頷《うなず》くと、少女は深々と頭を下げた。

ここで働かせてください。一生懸命仕事を覚えます。そう言った。

漱石はニッコリと笑って『歓迎する』と言った。

少女には名前がなかった。

本当はあったのだろうが、名前を呼ばれることなどなかったので、忘れたらしい。

夏目家で働くにあたっては名前が必要となる。今度こそ、漱石は名付けを惜しまない。

『今、「三四郎」という小説を書いている』

少女に名を授けるにあたり、漱石は言う。

『物語を動かす女性として、美禰子《みねこ》という人物がいる。多くの男を振り回す女だ。君のために俺まで飯事《ままごと》をする羽目になった。俺を美禰子のように振り回せる人間は、世に在って中々珍しい』

よって、と漱石は話を継ぐ。

『美禰子から名を取って、禰子の名を授けよう』

禰子。

それが少女の新しい名になった。

少女はこの名を授かることで、夏目家に、そしてこの世に居場所を得た。

思うに、禰子は漱石に多大な恩義を感じていたのだろう。

だからこそ漱石の修善寺《しゅぜんじ》での死を受け入れられなかった。死体が見つかっていないことを望みとして、夏目《なつめ》家に暇乞《いとまご》いをし、漱石を探し回ったのだろう。

元々が泥棒。日陰の世界の住人。薄暗い世界で情報を集めまわった。

時に、危うい目にも遭ったはずだ。

それでも漱石の生存を信じ続けた。

艱難辛苦《かんなんしんく》が報われたのは、禰子の前に一人の男が現れた時。

彼はラトルスネークと名乗っていた。禰子が知りたがっていた情報を握っていた。

——夏目漱石は生きている。脳移植で命を繫《つな》ぎ、護衛が必要な状況にある。

これが、禰子が護衛に志願した経緯か。


今、全てを思い出し、全てを理解できた。

禰子との記憶を取り戻し、欠けていたものを胸に宿しなおす。

「そうか」

漱石は呟《つぶや》く。

「俺はずっと、寂しかったんだ」

寂しさ。

それは漱石を苦しめ続け、苦しみから逃げるために漱石が目を逸《そ》らし続けたもの。

黒猫の死で、寂しさと向き合うこととなった。

禰子との出会いで心が安らぐと、より寂しさを意識するようになった。

心はいつだって寂しさを抱えていた。寂しくならないよう心掛け、常に身の回りに人がいるようにするため、周囲を魅了するカリスマを身に着けた。

脳移植の後遺症で記憶を失い、心にも穴が開いていた。

だが今。禰子を喪《うしな》いそうになって、ようやく全てを取り戻せた。

「俺は誰だ？」

己に問う。

「俺は夏目漱石だ」

記憶ではなく、心が返答した。

「そうとも！　俺は夏目漱石だ！　どうしようもなく寂しがり屋の、夏目漱石だ！」

自分の弱さを思い出し、それを受け入れた瞬間。

夏子《なつこ》は、夏目漱石として覚醒した。

Ⓚ

電光石火。

夏子が見せたのは、そんな言葉が似合う神速の攻めだった。

膝をついた状態からの強襲。在りし日に政府側の手勢を圧倒した、木曜会の司令官としての軍人格闘《マーシャルアーツ》が堂内で炸裂《さくれつ》する。

禰子に銃を向けた八雲《やくも》の正中線上に二発の打撃。ひるんだ八雲の手から自動拳銃を取り上げると、八雲と同様にクルクル回しつつ、パーツを分解していく。

八雲が態勢を立て直すころには、床には自動拳銃がバラバラになって転がっていた。

「あなた、その気配……」

八雲が驚いている。心なしか、どこか笑いを含んだような表情だ。

「私と同じ気配がします。あなたも同じだったのですね。要らない奴《やつ》、でしたね？」

「ああ、そうだよ。同じだ」

自嘲気味に夏子は笑う。

今の夏子の体軀《たいく》には、八雲と同じ気配が漲《みなぎ》っている。

人を魅了してやまないカリスマだ。かつての夏目漱石を完全に取り戻した姿だ。

「こんなカリスマを宿すような奴は、寂しがりの泣き虫だ。思い出したし、自覚したよ。だからこそ、禰子を喪うわけにはいかない。寂しいのはもうウンザリだ」

「ふふ」

ここにきて、八雲の顔は愉《たの》しげになる。

「同じ人に出会えたことがこの上なく喜ばしい。あなたは最高の相手だ。殺すにしても、殺されるにしても」

「勝負といこうか、小泉《こいずみ》八雲」

両者はゆったりと歩み寄り——すれ違う。

互いに、バラバラの状態で床に転がされた自分の拳銃に向かう。

両者はゆっくりと膝をついた。足下には、自動拳銃のパーツ。

刹那、場が動く。

仏像が静かに見守る中、二人は自動拳銃を恐ろしい勢いで組み立て始めた。

少しでもミスをすれば命取り。

正確性を維持しつつ、両者は可能な限りの速度を追求する。

ガチャッ。

八雲の拳銃が組み立てられ、弾倉が籠められる。

後はスライドを引けば初弾が薬室に装填され、発砲が行われる。

だが彼は――スライドを引かなかった。

「……流石《さすが》です」

八雲は穏やかに言う。

彼の視線の先には、既にスライドを引き終えた夏子が、照準を八雲に合わせていた。

「あなたが勝ちました。撃ちなさい」

八雲は言った。声は落ち着いている。

「撃つかどうかは、俺が決めることだ」

「私には時間がないのです。手術は失敗でした。悪い病気は、今も私を苦しめています」

「……………」

「あなたと戦って、救いを得ました。私は今、満ち足りています」

晴れやかな笑みで、八雲は自らの終焉《しゅうえん》を請《こ》う。

それを見て、夏子も覚悟を決めた。引き金に掛ける指が微《かす》かに動いた。

「ありがとう」

八雲はそう言って、目を閉じた。

二発の銃声が轟《とどろ》いた。

漱石の手に衝撃が駆け抜ける。八雲を撃とうとした銃が弾《はじ》き飛ばされ、宙を舞う。

時を同じくして、八雲の頭に血飛沫《ちしぶき》が舞った。

八雲は目を閉じたまま、仏像に見守られつつ、絶命した。

「!?」

夏子は堂の入り口に目をやった。

そこに立っていたのは、白煙昇る銃を構えた、白衣姿の男。

野口英世《のぐちひでよ》だ。

彼の銃は、夏子の眉間へと向けられていた。

八章　闇桜《やみざくら》

「ラトルスネーク、貴様……！」

銃を向けられ、夏子は何が起きているのかを悟る。

考え付く限りで最悪の事態だが、英世はそれを首肯した。

「ああ、そうだよ夏目漱石《そうせき》。つまるところ、そういうことだ。裏切りってやつだ」

「何故《なぜ》だ」

「愚問だな。金だよ、金。ドクトル・ニルヴァーナは確かに金払いが良かったが、俺の腕をより高額で買い取ってくれる顧客がいたんでな」

英世は、八雲の亡骸《なきがら》に目を向ける。

「こうして土饅頭《どまんじゅう》が一つ、出来上がるわけだ。あんた、饅頭を所望してたよな？」

「生きた饅頭を所望したはずだが？」

「不服か。ならばそこのクソガキは、生きたまま土饅頭にしてやろうか」

ガキとは禰子のことだ。指導した弟子を殺すという。

彼の声音には本気が宿っている。口にしたことを躊躇《ちゅうちょ》なく実行する凄味《すごみ》が感じられた。

「くっ……」

禰子を人質に取られては、従うより方途はなかった。

観念して両手を上げると、頭を麻袋のようなもので覆われた。

「しばらく眠っていろ」

英世の声が聞こえた瞬間、腹部に強烈な一撃を見舞われ、意識を刈り取られた。

Ⓚ

鼻を突くのは、鉄の臭い。

沈んでいた意識が戻ってくる。

顔の麻袋はすでになく、夏子は椅子に座らされて縛られていた。

ここはどこかの工場だろうか。

壁も床も鉄製であり、いたるところにむき出しの配管が這《は》っている。

頭がやけに重かった。体の強張《こわば》りも酷《ひど》い。単に気絶させられただけではなく、更に薬を使われて寝かしつけられたのだと考える。

――禰子は⁉

隣に目を向ければ、同じように拘束されている禰子の姿があった。

「ご主人様……」

禰子は不安げだが、取り乱してはいない。状況のおおよそを理解している顔だ。

「お目覚めのようだな」

拘束された二人の前に、英世が現れた。

「ここは東京の鄙《ひな》も鄙なところに造られた民間研究所だ。政府の資金や権力が一切入っていない施設――いわば日本国の監視の外側。これよりあんたは、ここのボスに会うことになる」

そのボスというのが、英世が寝返った先なのだろうということを察する。

おそらく、ボスとやらと会談して解放……というわけにもいくまい。

強硬な拉致の方法が、最早《もはや》夏子たちを再び往来に送り出すつもりはないということを如《じょ》実《じつ》に物語っている。

夏子は英世を睨《にら》みつけた。

禰子は英世に懸命に師事したはずだ。

その彼女に銃を向け夏子への人質としたことは断じて許しがたい。

自分が裏切られたことよりも、そちらの方が腹に据えかねる。

「不人情とは、お前のためにあるような言葉だな」

「人情は金もうけの妨げになるだけだ」

英世は夏子の前にしゃがみこみ、夏子を睨《ね》め上げる。

「なぁ夏目《なつめ》漱石。あんたの先祖、確か徳川家康《とくがわいえやす》の家来だったんだろう。三方ヶ原《みかたがはら》の戦いでは、武田信玄《たけだしんげん》の圧倒的な強さの前に敗北した主《あるじ》を生かすため、自らは徳川家康の影武者となった。自身は武田軍三万を相手に三十騎で突撃し、家康が逃げ延びる時間を稼ぎ、討ち死にした……」

いやはやロマンがある武将だ、と。

英世は皮肉るように、しかしどこか羨ましがるように評価する。

「そう、あんたの先祖は誇れる人物だった。後に征夷大将軍《せいいたいしょうぐん》となり江戸幕府を開いた家康は、あんたの先祖・夏目吉信《よしのぶ》の忠義を生涯忘れなかった。あんたはそんな誉れ高い武門の血筋だ。だから忠義だとか人情だとか道徳だとか——夢物語みたいにキラキラした言葉に価値を見出《みいだ》せる。対して俺はどうだ？」

英世の顔に暗い影が差す。

「俺の先祖は、どこまで遡っても貧しく惨《みじ》めな農家だ。毎日が苦しく、金策の為《ため》なら良心も売り払った」

「…………」

「あんたの祖先は徳川に忠義を奉じたが、俺の両親は徳川を裏切ったんだよ。明治維新の折に、俺の故郷である福島・会津は徳川の味方をした。当然、福島にいる俺の両親たちは会津藩の味方をするはずだった。ところが――」

英世は、人間の汚らしいところを煮詰めたような表情を見せる。

「――俺の父親と母親は、目先の金欲しさに敵方に寝返った。会津人を殺すための大砲を運ぶ手伝いをした。会津の地理や隠れ里の在処《ありか》や、味方の陣容などの情報も敵に流した。お陰で無事に長州は会津をぶっ潰すことができ、俺の両親は端金《はしたがね》を手に入れた。まぁ……後に俺の父親は、郷土と同胞を敵に売り渡した罪の重さに耐えかね、酒浸りの生活を送ることになるんだがな」

分かるか、と。

英世は夏子に挑戦的な目を向ける。

「あんたと俺は違うんだよ。俺は、目先の金のために同胞を売ることを躊躇《ためら》わない裏切り者を見て育った日陰者だ。忠義を信じ、忠義に報われて後世に名を遺《のこ》した英雄の子孫たるあんたとは、生まれついた境遇から違うんだ。そんな俺たちが、理想や言葉の価値を共有することなんてできねぇんだよ」

浴びせられるのは、凍《い》てついた目線。

夏子《なつこ》は反論する。

「お前の親の生き方が煤《すす》けていようが、お前ほどの力量の持ち主なら、輝く人生を歩めたはず。輝きに背を向けた人生を選んだのはお前自身だ。親のせいにするな」

英世は肩をすくめた。

「大した減らず口だが、あんたはもう終わりだ。見ろ、ここのボスのお出ましだぞ」

英世が目線を向けた先。

鉄で覆われた部屋に、複数名の足音が近づいてきた。

やがて夏子たちの前に姿を現したのは五つの人影。銃で武装した、護衛と思《おぼ》しき三人が二名の人物を引率している。

二名のうち、片方は初めて会う顔だ。

白衣姿で鼻の上に丸眼鏡を乗っけている。キョロキョロと目を動かし、周囲に面白いモノがないかを探す様子は、どこか爬虫類《はちゅうるい》じみている。

もう一人は、夏子の良く知る顔であった。

「――またお会いできましたね、樋口《ひぐち》夏子先生。いえ、夏目漱石先生」

「――お前がここのボスだったのか、虚子《きょし》。それともブレインイーターと呼ぶべきか？」

高浜《たかはま》虚子。

漱石の親友である正岡子規《まさおかしき》の弟子。

また、漱石のデビュー小説『吾輩《わがはい》は猫である』からずっと、編集者として漱石の相棒であったはずの男だ。

彼こそが野口英世を裏切らせた張本人であり、そして子規の仇《かたき》であるブレインイーターであると夏子は看破した。

「ブレインイーターの正体は、もうお見通しでしたか」

「殺されて脳を奪われた作家の中には、世間で顔を知られていない者たちもいる。作家を見つけ出すこと自体が困難ななか、的確に作家のみを殺せる諜報《ちょうほう》能力がある者といえば、元朝報《ちょうほう》社のお前だろう」

「とはいえ証拠はなかった。そうでしょう？　まぁ、今更隠し立てはしませんよ」

虚子はにこやかだ。夏子の記憶にある、いつもの表情のまま。この流れで「執筆の進捗はどうでしょうか」と聞いてきそうなほどに普段通りだ。

「それにしても、よくぞ生きていてくださいました」

虚子は深々と頭を下げる。

「修善寺《しゅぜんじ》の一件があり、なんとか先生を救い出そうとしたものの、延命の甲斐《かい》なく亡《な》くなった聞かされていた身ですからね。諦めきれずに方々に情報網を張り巡らせても生存を確認できず、絶望しておりましたところ――運命の再会を果たすことができました。本当にありがたいことです」

「俺を探すのに腐心していたようだな。それほどまでに俺を殺したかったか、ブレインイーター」

「殺すなんてとんでもない！」

大仰に否定してみせる虚子からは、邪気というものが感じられない。

「むしろ逆ですよ。私はただ、先生に永遠に生きてもらいたいだけです」

「………」

夏子は強烈な寒気に襲われる。

何か、底知れぬ怪物の住む洞穴に誘《いざな》われているような心地だ。

虚子の話を聞けば、その怪物と対峙《たいじ》しなければならなくなるという予感がある。

逃げ出したかった。縛られ動きを封じられている己の状況が恨めしい。

「やはり説明をする必要がありそうですね。そうするために、拘束させていただいたわけですし。ああ、まず彼を紹介しないと――」

虚子は白衣姿の男を指さした。

「こちらの御仁は、生物学者の西村真琴《にしむらまこと》博士。この施設の技術顧問です」

「ヤアヤア、どうもどうも」

ヘラリと笑うこの男が、西村博士か。

かつて夏子が薫《かおる》と浅草デートした折に、その存在を知らされていた。

聞けば、在野の天才だという。人造人間『學天則《がくてんそく》』を作っていたという。

その人となりを夏子は知らない。

だが、おそらく彼は一般人とは友誼《ゆうぎ》を結べぬ性格であろうことは悟った。

拉致され縛られた相手に対し、ここまでヘラヘラできるのだ。道徳性は期待するだけ無駄というものだろう。

その西村博士が夏子をじろじろと見てくる。

観察という表現が相応《ふさわ》しい、不躾《ぶしつけ》な目線だ。

「ふむふむ、高浜君。コレが、キミの言っていた高性能の脳味噌《パーツ》かい？」

「コレではなく夏目先生と呼んでください。私にとっては大切なお方ですので」

「キミは脳味噌《パーツ》に愛着を抱きすぎなんだよ」

夏子の前で不穏な会話が繰り広げられる。

失礼しました、と虚子が夏子に向き直る。

「どこから説明すべきでしょうかね。やはりまずは、この施設が何かを語るべきでしょうね。気になっていることでしょうし」

　虚子は両手を広げてみせた。

「先生、この施設が何だかわかりますか。先生にも関連の深い施設です」

「さっぱり分からんな」

「出版社ですよ」

「出版社？」

「はい。編集者である私が主を務める施設ですから、当然出版関係の施設です」

　そうは見えなかった。

　この施設はどちらかというと軍需工場めいている。

　機械の駆動音が重く響き、視界には幾つもの怪しげな機械が入り込んでくる。

　これが出版社だと？

「信じられないというお顔をしていますね。でも、れっきとした出版社なのですよ。籍を置く作家もいます。そうだな、ここは中堅作家にご登場願いましょう」

　虚子は護衛の男たちに何やら指示をした。

　すると男たちが部屋を退出する。やがて戻った彼らは、水槽を運んできた。

薬液と思われる液体で満たされた水槽の中に、人間の脳味噌《のうみそ》が浮かんでいる。

「ッ⁉」

夏子と禰子《ねこ》は、込み上げてくる吐き気を必死で堪《こら》える。

虚子は笑みを浮かべたままだ。

「彼は歳《とし》こそ若いのですが、この出版社においては中堅の作家です。はるばる日光までスカウトに行きました。試しに、彼の創作に触れてみましょうか」

そう言うと、虚子は何やら機械を取り出して、水槽に接続し始めた。

取り出した機械には拡声器が取り付けられており「ザザザ……」という不快なノイズを吐き出している。

「さぁ、これでよし」

虚子は機械のスイッチを入れる。一瞬だけ、電流が水槽の液体を光らせた。

『……ザ、ザザザ……アッ……アアアア……』

拡声器からのノイズの中に、人の声のようなものが混じり始める。

『ザザ……ユ、悠々タル哉天壌《かなてんじょう》……アアア……遼々《りょうりょう》タル哉古今……コ、コロ……五尺ノ小軀《しょうく》ヲ以テ……ロシテ……此大《このだい》ヲハカラムトス……アアア……』

——悠々たる哉天壌、遼々たる哉古今、五尺の小軀を以《もっ》て此大をはからむとす。

ところどころに意味不明の喘《あえ》ぎが挟まれるが、夏子は拡声器から流れる詩を聞き取る。

ここで虚子が機械を操作する。

拡声器から音が止《や》む。機械を外し、虚子は水槽を手下たちに片付けさせる。

「——とまぁ、こんな感じです。作家の脳味噌だけを取り出し、私が開発した保護液の中でひたすらの創作活動に打ち込んでもらう。あとはこうして専用の機械で、脳が思索した作品をアウトプットし、やがて世に送り出すのです」

虚子は上機嫌で説明を続けていく。

「知っていますか。人間の脳というのは、本当であれば寿命は百年を超えるそうです。しかし他の臓器は百年も機能を維持できません。本来ならば百年を超えて優れた文学を生み出すことができる作家たちの脳が、肉体の限界による死で失われていくのは悲劇です。私は編集者として、その悲劇を看過できなかった。そこでこの施設を立ち上げたのです！」

虚子は説く。

編集者とは、優れた文学を世に出版し続けることが使命だと。

だから虚子は、優れた作家の脳を長持ちさせ、執筆を続けさせることを望んだ。

問題となるのは、脳の限界よりも先に肉体の限界が訪れてしまうことである。

ならば肉体という脆弱《ぜいじゃく》な殻から、脳味噌を解放してあげればいい——そう考えたというのだ。

「これは出版業界にとっての技術革新なのです！」

虚子はさわやかに狂気を垂れ流す。

「剝《む》き出しの脳に電気信号を流し、創作への使命感と快楽を刷り込むことによって、作家たちは肉体に囚《とら》われていた頃に比べて創作活動の効率が上がりました。まぁ、先ほどお見せした脳は、電気信号技術が未発達の時にウチに来てもらったので、創作における情熱の刷り込みには失敗してしまいましたが……今は技術が向上し、ミスはありません」

夏子は、ブレインイーターなる猟奇的殺人鬼の思惑を理解した。理解させられてしまったという方が正しいか。

夏子はブレインイーターのことを、快楽殺人鬼だと想像していた。

だが、実態はそれよりはるかに邪悪なものであった。

犯人が自らの所業を邪悪だと自覚していない分、邪悪さに磨きがかかっていた。

「虚子……作家たちの脳味噌を集めていたのは、水槽にぶち込んで執筆を永遠に続けさせるためか」

「その通りです」

「お前の師である正岡子規の脳味噌も、ここにあるのか」

「もちろん」

「ならばお前……俺の脳味噌もここに加える気か」

「ええ！」

虚子《きょし》は満面の笑みだ。

「この出版社は、次世代に文才を継ぐべき作家の脳を集めて保護しています。ここに夏目先生の脳味噌がないというのは、画竜点睛《がりょうてんせい》を欠くというものでしょう」

ここで虚子は残念そうなため息を吐《つ》く。

「本来であれば、もっと早くに先生の脳を安置する予定だったのです。夏目先生は木曜会を組織し、政府や社会主義者と敵対していました。先生が敵対者の手で暗殺され、日本文学の宝というべき貴重な脳味噌が失われるのではないかと、私は常に案じていました」

「…………ッ！」

夏子は冷や汗を垂らす。

眼前で喋《しゃべ》り続ける男の狂気に気付けなかった、自分の落ち度を恥じた。

今すぐにでもぶちのめしてやりたいが、拘束は固く、おまけに英世《ひでよ》が裏切った状況である。反撃の起点がない。

「そこで私は、先生が暗殺される前に、脳味噌を肉体からお救いしようとしたのです」

「……まさか、お前」

「はい！　あの夏の日、伊豆《いず》の修善寺《しゅぜんじ》で療養されていた先生を訪ねたのは、脳味噌を取り出すためでした。私は脳の保護液が入った水槽を用意し、先生と歓談していました。隙を見て脳を頂く予定でしたが――」

虚子は忌々《いまいま》しげに在りし日のことを語る。

「――そこに思わぬ邪魔が入りましてね。ええ、政府の者による小銃榴弾《ライフルグレネード》の攻撃です。厄介なことに、それに私も巻き込まれました。自分が傷つくだけなら問題はなかったのですが、先生の脳を入れようとした水槽が破損した時には焦《あせ》りました。水槽がないと脳を取り出せません。おまけに先生の命は、私の目の前で尽きようとしていた」

だからあの時、虚子は叫んだのだ。

『夏目《なつめ》先生、死んではいけません！　夏目漱石先生ィッ!!』

悲痛な叫びは彼の本心だった。彼は夏目漱石の生存を心から願っていた。

だって、生きてさえいれば、いずれ脳味噌を奪えるのだから。

――暗殺者は、ある意味では俺の恩人かもしれん。

そんなことすら思った。

確かに政府は漱石を殺そうとした。だが、政府の一手が、漱石を水槽の中の脳にすることを防いだともいえる。

小銃榴弾《ライフルグレネード》の一撃があったからこそ、漱石は樋口一葉《ひぐちいちよう》の肉体を得て、今日まで自由に生きてきた。そういった意味では、救われたのだ。

「やがて私は先生の死を聞かされました。私自身も小銃榴弾《ライフルグレネード》で重傷を負った身で、ブレインイーターとしての活動の休止を余儀なくされていました。しかし、私は編集者として、先生の脳を保護する義務がありました。諦めきれず方々に情報網を広めるうちに、ひとつ面白い情報に行き当たったのです」

それが樋口一葉の肉体だと、虚子は語った。

彼女の肉体が脳ごと冷凍保存されていると聞き、虚子は感動したのだという。

これはきっと漱石によるお導きに違いないとも考えたとか。

そこで虚子は手下を雇い、万朝報《よろず》新聞の記者時代に培《つちか》ってきた情報収集能力を駆使し、手下を軍の研究施設に侵入させ、冷凍保存されていた樋口一葉から脳を奪い去った。

「ならば一葉の脳も！」

「ええ、施設内にありますよ」

虚子は首肯した。夏子《なつこ》の内心が燃え上がった。

——野郎、よくも一葉を。

許しがたい。心の底から、かつての相棒を憎む。

一葉は漱石《そうせき》にとって、恋慕を捧《ささ》げた相手だった。

現世で結ばれぬ間柄となってなお、想《おも》いは尽きぬ相手であった。

その脳味噌《のうみそ》を奪ったとあっては、元婚約者として許容できぬ。

「さて、樋口一葉の脳を手に入れた私でしたが、思い入れのある夏目先生の脳は手に入れられないままでした。流石《さすが》に諦めかけていた折、芥川龍之介《あくたがわりゅうのすけ》が私に、浅草で出会った不思議な乙女の話を聞かせてくれたのです。彼を復活させてくれたお礼を言いに、私は神田高等女学校に向かいました。そこで出会ったのは、驚きの相手でした！」

確かに驚きだろう。

そこにいたのは樋口一葉――虚子が脳味噌を奪った肉体が、なぜか動いていたのだから。

「何があったのか、私にはすぐに分かりました。脳移植だと気付けました。ならば誰の脳が移植されたのか……それもすぐに分かりましたとも。樋口一葉と一体となるに相応《ふさわ》しい脳は、夏目漱石先生のものをおいて他にありません！」

「お前はあの時、俺の正体に気付いていたのか」

「はい。隙あらば脳を解放しようと考えていました」

虚子は苦笑する。

「ですが、なかなかどうして上手《うま》くいかないものです。神田高等女学校を守っていたのがよりにもよって藤田五郎《ふじたごろう》……いえ、元・新撰組《しんせんぐみ》三番隊組長の斎藤一《さいとうはじめ》とは」

「！」

少し驚いた。只者《ただもの》ではないと思っていたが、慮外のビッグネームだった。

「察するに、森鷗外《もりおうがい》先生の手引きでしょうかね。流石の私も、彼の間合いで迂闊《うかつ》な真似《まね》はできません。先生、あなたは物語の姫のように、煉瓦《れんが》の塀と新撰組という兵士に守られた城に籠っていた。私は先生を城外におびき出す必要がありました」

あまり苦労した様子ではなかった。なるほど、状況さえ分かれば、あとは虚子の得意とするところであったろう。

彼は情報を仕入れ、金の亡者《もうじゃ》である野口《のぐち》英世なら与《くみ》しやすしと判断したのだ。

そして英世を大金で寝返らせた。

更には西村《にしむら》の実験台になっていた小泉八雲《こいずみやくも》を使うことで偽《にせ》の『夏目漱石』を仕立て、夏子に塀の外に出ることを強要した。

たとえ夏子本人を捕らえられなくても、禰子を捕縛すれば、餌として夏子を釣れる。

夏子は今、虚子が描いたシナリオを、完全になぞり切ってしまった。

破滅は迫っている。

「というわけで夏目先生。不躾《ぶしつけ》ながら、脳味噌をいただきたいのですが……」

虚子は最高に晴れやかな笑みを見せる。

「その前に、先生をとある場所に案内したく思います」

Ⓚ

銃を突き付けられ、手を拘束されたまま、連れていかれたのはとある部屋だった。

天井を太い配管が何本も伝っている。太い血管のようだ。

主要な血管が集結する先にある部屋は、さながら施設の心臓というべきか。

部屋の灯《あか》りは消えている。足音の反響具合で、よほど広い部屋であることが知れる。野球の試合だってできそうだ。

「お見せしたかったのはこれですよ」

虚子が部屋の照明をつける。

「…………！」

息を呑《の》んだ。

光で満たされた室内の中央に、金属製の巨大な威容がある。

「これは一体……」

かすれた声で禰子《ねこ》が言った。彼女はただ、目の前の造形物に圧倒されている。

大きさは優に十メートルはあろうか。

部屋の中央には大きな金属の台座が安置されており、台座の上には荘厳《そうごん》で美しい乙女の機械人形があった。

人形は右手に長剣を有し、脚がない。金属の台座に下腹部より上が生えているような形で、煌々《こうこう》とした照明の中に己の存在を主張する。

巨大な機械人形の乙女は鎧《よろい》を着ていた。まるで騎士のようであった。

そして、美しい黄金の髪を持っていた。まるで姫君のようであった。

「ン〜、我が作ながら素晴らしい。いや、我が作だけあって素晴らしい！」

天才博士・西村が夏子たちに朗々と語る。

「単なる機械人形とは思わないでくれたまえよ。コレは、ああ失敬。彼女は機械の体に人間の脳を内蔵した人造人間――學天則《がくてんそく》だからねぇ」

やはりこれにも人間の脳が！

夏子は歯噛《はが》みした。

この施設の何もかもは、ブレインイーターの凶行の産物だと思い知らされる。

「彼女の名は、闇桜《やみざくら》といいます」

夏子の反応を楽しむように虚子が言う。悪意の発露というよりは、頑張って作った工作を母親に見せて褒めてもらおうとしている、子どものような無垢《むく》さがあった。

その無垢さは、夏子にとって残酷な刃《やいば》そのものである。

闇桜という言葉には覚えがあった。ああ、忘れてなるものか。

「お気付きになったようですね」

虚子は嬉《うれ》しそうだ。

「ええ、そうです。やがて散るしかない悲恋《さくら》を、心の中の深奥《やみ》に咲かせる乙女の悲恋――とある作家の処女作小説『闇桜』から名を拝借しました」

その作家が誰か。夏子は知っている。

自分が恋慕を捧げた相手である。現世で叶《かな》わぬ恋となりながらも、それでも互いに想い続けた間柄。元婚約者にして、圧倒的な文才の前に漱石が頭《こうべ》を垂れた相手。

「天才作家の樋口一葉……この學天則・闇桜は、彼女の新しい体です。今は休眠状態にしてありますがね」

本当に、虚子という男は。

人間の尊厳を嗤《わら》うかの如《ごと》き所業を、平然と重ねてくるものだ。

夏子は胸に込み上げてくる殺意を持て余していた。

目線だけで伝えるには、殺意はあまりにも激しすぎた。

夏子は機械の威容を改めて見上げる。想い人の変わり果てた姿が、目に痛い。

「右手に長剣、左手には……ル・プリエールロケットか。お前は一葉をどうする気だ？　殺人兵器にでも仕立て上げるつもりか」

ル・プリエールロケットとは、フランスで開発された対空兵器である。

端的に言えば巨大なロケット花火だ。通常のロケット花火とは異なり、推進用火薬の他に、弾頭に爆破用の火薬を搭載している。

気球の迎撃用に生み出されたが、地上部隊に対しても苛烈な効果を発揮することから、欧米の軍隊で研究が進められていた代物だ。

地上部隊に撃ち込んだなら、一撃で分隊を全滅させることができるこの兵器は、戦闘機の開発が進んでいる昨今、戦争に「空爆」なる戦術をもたらすことが期待されている。

要は、一撃で多くの人命を奪うことができる兵器ということだ。

それを樋口一葉の脳が宿る學天則に搭載させている。本当に度し難《がた》い。

「これらの武装は、どうしても彼女に必要なのです」

虚子《きょし》の表情は真面目そのものだ。

「天才作家・樋口一葉には、これからずっと、この出版社で名作を執筆してもらう予定です。ただし彼女の文才は凄《すさ》まじく、あまりに他者に影響を与えてしまう」

「何が言いたい？」

「夏目先生ならお判《わか》りになるでしょう？　樋口一葉の文才を、政府や社会主義者が悪用することを恐れているのですよ」

そう言って、虚子は巨大で美しい人造人間を見上げる。

「この出版社では、作家の脳に電気信号を浴びせて創作への使命感と快楽を植え付けて、創作活動を活発化させています。やろうと思えば、思考を操ることもできます」

例えば、と虚子は解説していく。

「特定の言葉を聞かせ快楽を与え続ければ、特定の言葉に執着するようになります。『国家』や『天皇』という言葉に執着させれば国粋主義文学を生み出すようになるでしょう。あるいは『革命』や『共産』という言葉に執着を植え付ければ、共産主義の思想に沿った文学を生み出すようになることでしょう」

夏子は、虚子の危惧するところを読み取った。

天才作家・樋口一葉の文学は社会に対して強い影響力を持ってしまう。

彼女が国粋主義を煽《あお》るような文学を書いた場合、多くの人間が国家に忠義を誓うようになるだろう。社会主義小説を書いたら、その逆のことが起こるはず。

樋口一葉《ひぐちいちよう》の文学は、政府と社会主義の互殺の和《バランス》を崩すカギとなる。樋口一葉の脳の存在が両陣営に知られたら、連中はきっと彼女の脳を操って、自らの陣営に都合の良い小説を書かせようとするはずだ。虚子はそれを危惧している。

「彼女の文学は崇高なものです。国家や思想の道具にしてはいけません。だからこそ国家や思想の介入を防ぐ力——軍事力が必要になります」

「木曜会の真似事か？」

「木曜会以上の抑止力を追求した結果ですよ。この施設には、他にも海外から取り寄せた最新の武装——軍事力があります。そして軍事力の中核たるのが、この闇桜です」

「でも、未完成品です。足がありません」

禰子が言った。彼女の眼《め》は、闇桜の台座に向いていた。

「足がなくて正解なんですよ」

禰子とは面識のある虚子は、穏やかに論じる。

「運用的な面でいえば、闇桜は機動兵器にする必要はありません。彼女はこの出版社で執筆を続け、彼女を操ろうとする敵をここで迎撃すればいいだけですから。加えて——」

虚子は夏子を見る。

「──脚部を造らなかったのは、樋口一葉に対するリスペクトです。夏目先生は『一葉』の名の由来はご存じですよね」

知っている。

樋口一葉は生涯を極貧で終えた。いつだって家に金がなかった。

金は「足」と表現する。樋口一葉は「足がない」と口癖のように言っていた。

そして彼女は自らを足のない達磨《だるま》に見立てた。かつて達磨大師が中国に向かう時、一枚の葉っぱに乗って海を渡ったという伝説にちなみ、自らの雅号を「一葉」とした。

そう、彼女の雅号「一葉」には二つの意味がある。

ひとつは貧乏であること。もうひとつは、足がなくても世界に飛び立つ心意気だ。

虚子はそれになぞらえ、闇桜の脚部をあえて省いた。

彼はそれをリスペクトと表現する。

そもそもリスペクトしているのであれば、彼女の脳を暴《あば》くべきではないのに。

虚子が言葉を並べれば並べるほど、夏子《なつこ》は虚子との間に断絶を感じた。

小説家と編集者──『吾輩《わがはい》は猫である』の生みの苦しみを共有した二人は、もはや同じ天の下に存在できぬ敵同士となった。

倒さなければ夏子に未来はない。だが、どうやって。

「しかし、闇桜が未完成品であることは認めましょう」

虚子は大きく頷《うなず》いてみせた。

「元来、樋口一葉は心優しい女性でした。そのため闇桜に脳を搭載して機動を試みても、彼女の脳は殺戮《さつりく》兵器を使用することを厭《いと》いました。電気刺激で彼女の脳を操れば問題は解決するのですが、できればそうはしたくないのですよ。彼女の執筆にも影響を与えてしまうかもしれないので」

「だから、闇桜に搭載する戦闘用の脳味噌《のうみそ》が必要だったんだよねぇ」

虚子の話の尻尾を拾い、西村《にしむら》博士が夏子に顔を近づける。

「武装組織・木曜会の司令官である夏目漱石《なつめそうせき》……キミの脳味噌なら、きっと闇桜の運用に適すると思うんだよ。材料として秀逸――まさに逸材だよ！」

「夏目先生の脳は、樋口一葉の脳と共に闇桜に搭載します。あなたは樋口一葉と一体となり、樋口一葉を守る盾となる。姫を守る騎士のように、愛し合う二人はずっと一緒にいることになる。だから――」

虚子は最大の笑みを浮かべ、請《こ》うた。

「――先生の脳味噌を下さい」

パチ、パチ、パチ。

どこか白けた拍手が鳴り響いた。

見れば、英世《ひでよ》が拍手をしていた。

右手と、火傷《やけど》で醜く爛《ただ》れている左手とを叩《たた》き合わせ、歪《ゆが》んだ音を出している。

「素晴らしいご高説だよ。愛し合う二人はいつまでも一緒。ああ、素晴らしい」

場に集う者たちの視線を一身に受け、英世は拍手を続けた。

虚子は戸惑ったような笑いになった。

「野口《のぐち》さん。あなたの働きのお陰で、夏目先生の脳味噌が手に入る。私はあなたの功績をしっかり評価しています。働きに見合った報酬を、改めてお約束いたします」

「実に喜ばしい。だが、それよりも聞きたいことがある」

「聞きたいことですか？」

「樋口一葉と夏目漱石は相思相愛の関係であった……これは事実でいいんだな？」

虚子だけではなく、夏子や禰子も戸惑った。

この状況下で、こいつは何を聞いている？

「ええ、そうです。事実ですよ。現世では結ばれない間柄になってしまいましたが、二人は確かに愛し合っていました」

「そうか、そうか」

ククク、と英世が含み笑いをした。

笑いの中に何を含んでいるのか――それは、次の瞬間に明らかになった。

英世がSAAを抜き放ち、虚子の手下たちの左胸を撃ち抜いたのだ。

反撃する暇も与えぬ神速の妙技を前に、手下たちは為《な》す術《すべ》もなく絶命する。

彼の笑いに含まれたもの……殺意の察知に遅れたのが、場にいた面々の不幸だった。

「なっ⁉」

「ヒィッ⁉」

突如として放たれた凶弾に、虚子と西村博士が驚愕《きょうがく》する。

英世は白煙の上がる銃口を虚子に向ける。

人間三人を殺した直後とは思えぬ涼やかな顔で、彼は屹立《きつりつ》していた。

「の、野口さん、一体何を⁉」

「あんたが御大層な思惑を成就《じょうじゅ》させようとしていたのと同様、俺にも独自の思惑ってもんがあってな」

英世は銃で虚子《きょし》に圧をかけ続ける。

「俺の本当の目的は、樋口一葉の脳の回収だ。邪魔者には消えてもらう」

「！」

夏子と虚子が、顔に緊迫を宿す。

英世が樋口一葉の脳を狙った背景に、政府や社会主義者の存在を疑ったのだ。

一葉の脳は国家や思想にとって値千金である。英世がより大口の取引先を見つけて、更なる寝返りを打っていたとしても、何ら不思議ではない。だから虚子が聞いた。

「彼女の脳を、誰の手に渡す気ですか？」

英世は笑い捨てる。

「愚かな問いだな。決まっているだろう——彼女が愛した、自然に渡すまでさ」

「……は？」

「奪われた彼女の脳を回収し、大自然に供養《くよう》する。それが俺の計画だ。誰に依頼を受けたわけでもない。俺が、俺自身に課した任務だ」

「馬鹿な、そんな、びた一文にもならないようなことを、あなたが！」

「確かに俺は金の亡者《もうじゃ》だよ。金のためなら誰だって裏切る。それが俺だ」

だが、と英世は続ける。

「そんな俺の魂すらも揺さぶっちまった天才――それが樋口一葉なんだよ。あんただって言っただろう？　彼女の文才は凄まじく、あまりに他者に影響を与えてしまうと！」

英世は高らかに叫ぶ。

「俺は彼女のファンなんだよ！　樋口一葉は凄《すご》い！　俺と同じく赤貧を洗うが如《ごと》き生活を送っていたはずなのに、俺のように腐らず、魂が震える小説を幾つも綴《つづ》った！　貧しくとも人間はこのような美しい物語を書くことができると、彼女は生涯を通じて証明した！　彼女は俺たち貧困層にとって、可能性を示してくれた聖女なんだよ！」

そして英世は、憎々しげに虚子を見る。

「その聖女の脳味噌を奪い去った奴《やつ》がいたと知り、俺は尊敬する彼女の脳を、何としてでも回収すると決意した。聞けば、彼女は則天去私なる思想を抱いていたんだろう？　自然を愛し、自然の流れに沿って自らの生涯に幕を閉じた彼女が眠る場所が、こんな鉄の棺《ひつぎ》であっていいはずがねぇんだよ。彼女は自然の流れに戻るべきなんだ。土に還《かえ》って、やがて木々や花を咲かせる。その木々や花を見て、新しい世代の歌詠《うたよ》みたちが詩を紡《つむ》ぐ。これが彼女が望んだはずの流れだ」

「……ッ！」

虚子が冷や汗を伝わせる。

英世の発言に宿る熱を感じて、金銭による交渉や命乞いが不可能だと悟ったらしい。

虚子は英世の守銭奴ぶりを知り、彼なら手駒にできそうだと考えた。

だから英世に接近したのだろう。確かに夏子を捕らえるにも、彼が最適の人材だった。

だが、判断ミスだった。

樋口一葉が絡《から》んだこの件において、絶対に接近してはならない相手こそ、内心では樋口一葉を信奉していた野口英世であったのだ。

その英世は、夏子に目線を向けてくる。

「俺は推しを大切にする方だ。樋口一葉があんたを想《おも》っていたなら、その気持ちも大切にする。だからあんたには生きのびてもらう。それが彼女の望みだろうから」

そう言って、英世は再び虚子を見る。

「以上が俺の計画だ。高浜《たかはま》虚子、お前の裏切りの誘いに乗ったのは、樋口一葉の脳の在処《ありか》に案内してもらうためだ。そして今、俺の目論見《もくろみ》どおりとなった。お前はもう用済みだ」

「や、やめろ……っ！」

虚子が蒼白《そうはく》な顔になる。

英世が酷薄な笑みを浮かべる。

「やめろ、か。お前に脳を奪われた作家たちも、きっとそう叫んでいたんだろうな」

銃声。

ＳＡＡが審判を下した。

左胸を撃たれた虚子は、力なく体を床に投げ出した。

Ⓚ

硝煙の臭いが宿る手により、夏子と禰子《ねこ》の拘束は解かれる。

西村博士はひたすら「ひぃぃぃぃいいい」と怯《おび》えてへたり込んでいるだけだ。

夏子の拘束を解く間、英世は西村博士を一瞥《いちべつ》すらしなかった。

さて、やっと二人は自由になったわけだが。

「歯を食いしばれ、この外道」

「銃を持っている相手に殴りかかる気か」

事情がどうであれ、制裁はしておくべきだと考えた二人は拳を握る。

対する英世はヤレヤレと肩を竦《すく》めている。

「……そんなことより、あんたは随分と雰囲気が変わったな。在りし日の自身を取り戻すことができたようだ」

「そんなことより、とはなんだ。話をごまかすな。ぶん殴ってやる」

「ご主人様、役割分担しましょう。私は右心房、ご主人様は左心房を殴りましょう」

「無駄に元気じゃねぇか。捕らえる際に、もう少し痛めつけてもよかったか？」

軽口を叩いてくる英世と、それを睨《にら》む夏子《なつこ》たち。

隔たれたように思えた両者の関係は、英世の本心を知ったことで再起動し始めた。

で、まずやるべきことがある。

「ラトルスネーク、銃を貸してくれ」

「何をする気だ」

「涅槃《ねはん》で虚子が寂しがるだろうから、話し相手を送ってやるだけだ」

夏子の視線は西村博士を捉える。彼は「ヒョエッ!?」と震えあがる。

英世が諌《いさ》めた。

「やめろ。奴は人間的にはクズだが、奴の頭の中にある知識には医者として興味がある。殺すのは勿体《もったい》ない」

「………」

夏子が肩を竦めると、英世は「それでいい」と頷く。

西村博士は呆然《ぼうぜん》としたまま座り込んでいた。

「それより、あんたには俺を手伝ってほしい」

「一葉《いちよう》の脳を回収し、供養するんだな？」

「ああ。まさかあんた、反対しないだろうな」

「とんでもない。俺もお前と同じ気持ちさ」

夏子と英世は、休眠状態にある學天則《がくてんそく》・闇桜《やみざくら》を見上げる。

あの中に樋口《ひぐち》一葉の脳があるという。回収して供養しなければ。

人造人間のパーツとしての生から解放し、かつて彼女が望んだ死を取り戻すのだ。

禰子に西村《にしむら》博士の見張りを委ね、二人は學天則に歩みを進める。

夏子と英世。彼らの心は一つになっていた。

Ⓚ

高浜虚子は愛媛・松山の生まれだ。

今でも蜜柑《みかん》の匂いを嗅ぐと、彼は故郷での幸せな時間を思い出す。

彼は故郷で師である正岡子規《まさおかしき》との交友を得た。

子規の詠《よ》む歌は素晴らしく、虚子は子規から文学の神髄を学んだ。

子規は親友であるという夏目漱石《なつめそうせき》を虚子に紹介した。

漱石も卓越した文才の持ち主であり、二人と過ごす時間のなか、虚子は文学のセンスを研磨した。後に彼が比類なき編集者として多くのヒット作に関わっていくのは、子規と漱石の影響によるところが大きい。

本当に幸せな時間だったと述懐する。

子規は虚子に良くしてくれた。俺の後継者はお前だと言ってくれた。

だが。


子規が病を得た。

本人はすぐに治ると言っていたが、やがて死神と連れ立って歩いているような相貌になっていった。

子規は虚子に、自分の後継者になるよう強く求めるようになった。

虚子は断った。後継者になることを受け入れたら、子規がこの世への未練を失い、そのまま逝《い》ってしまう気がしたからだ。虚子は子規の回復を信じていた。また昔のように、文学談議に花を咲かせることができると信じていた。

信じたかった、の方が正しいかもしれない。

子規が得た病は結核性脊椎炎である。

肺を冒した結核菌が血液の流れに乗り、骨や臓器に至って病巣《びょうそう》を作る。

重篤なものになると骨が破壊されて運動障害が起こる。

やがて激痛に臥《ふ》せって死を待つのみとなる、恐ろしい病であった。

この病気の恐ろしさを虚子が目《ま》の当たりにしたのは、一九〇二年のことだ。

この頃、後継者になることを拒み続けていた虚子は、とうとう怒った子規から絶縁を言い渡されていた。

それでも見舞いには行く。正月に正岡邸を訪ねた彼は、信じられない師の姿を見る。

『なぁ律《りつ》やぁ。俺に鰹《かつお》の刺身を食わせてくれんかなぁ』

病で伏せる子規は、実の妹である律に刺身を乞うていた。

それ自体は問題ないだろう。

だが、部屋の風景を見れば、問題しかない。

子規の布団《ふとん》は、おびただしい量の食べこぼしで溢《あふ》れている。無数の菓子パン、南瓜《かぼちゃ》、梅干、南京豆《なんきんまめ》、空になった粥椀《かゆわん》四つ、倒れたココアのカップ——

これらを食い散らかして、なお鰹の刺身を所望するとは、明らかに度が過ぎている。

これ以上は体の毒だと妹が諫めると、子規は悲しげに声を出す。

『不人情な妹ぞな、もし。死の淵《ふち》にいる俺の頼みすら聞けんとは』

『不人情と言えば虚子もそうだし、何より漱石もだ。俺の人生を形作るやつらは、みんな不人情だ』

『律、お前が不人情でないというのなら、今すぐ鰹の刺身を工面しておくれ』

『お前が不人情でないというのなら……』

後に『仰臥漫録《ぎょうがまんろく》』にまとめられる子規の闘病の実態は、あまりに過酷だった。

結核性脊椎炎がもたらす激痛は、彼の背骨と性格を歪《ゆが》め、育んできた人間関係までも蝕《むしば》んでいたのだ。

女性のすすり泣きが聞こえる。子規の、世を恨むかのような呻《うめ》きも聞こえてくる。

あまりの状況に、虚子は部屋に入ることもできず、呆然と立ち尽くしていた。

しばらく後。虚子《きょし》は子規の妹・律を慰めた。

『病のせいで、兄は悲しい人になり果てました。食べ物のことしか頭にないのです』

涙ながらに律は、虚子に己の辛《つら》さを訴えた。

虚子は彼女の孤独に寄り添い、そして思った。

――師は心から変わり果てたわけではない。その頭は未《いま》だに昔のままのはずだ。

――変わり果てたのは肉体の方だ。病の毒が放つ痛みが、脳に影響を与えているのだ。

――頭は病の肉体から解放されれば、再び素晴らしい文学を生み出すに違いないのだ。

虚子の頭に、シェイクスピアの作品『ハムレット』の一節が過《よぎ》る。

――嗚呼《ああ》、忌《い》まわしくも穢《けが》れた肉体が、崩れ落ちて露と消えればよいものを！

作中のセリフをなぞり、彼の口から言葉が漏れる。

『忌まわしい肉体が露と消えれば、きっと師は救われることだろう』

肉体からの脳の解放、という考えが虚子に宿ったのはこの時だ。

そしてこの瞬間こそ、作家を狙う猟奇的殺人鬼・ブレインイーターの誕生であった。

ある夜。虚子は正岡邸に忍び込んだ。

子規の妹・律を薬で眠らせるのは造作もないことだった。日頃より子規の介護で心身ともに摩耗している彼女だ。家の中で何が起きようが、夜明けまで目覚めることはない。

虚子は師のいる寝室に向かう。

苦しそうなうめき声が聞こえた。虚子は心の中で師に呼びかけた。

――もう大丈夫です。あなたの苦しみは、きっと拭い去られます。

虚子の手には薬液で満たされた水槽がある。敬愛する師のために独学で開発した、脳の保存装置だった。

さらに、もう一つ。

虚子の腰には、斧《おの》と太刀のノコギリが備え付けられ、出番を待っていた。

肉体から脳を解放するにあたって、絶対に満たすべき条件があった。

それは子規の妹の律に、兄殺しの濡《ぬ》れ衣《ぎぬ》がかからぬようにすることである。警察の嫌疑の目を彼女に向けさせないため、ひと頑張りが求められる。

方策はあった。脳を抜き出した後の肉体を激しく破損させることである。

女の細腕ではとうていできないほどに肉体を破壊すれば、流石《さすが》に警察も律を容疑者から外すことであろう。

『やれやれ、もうひと踏ん張りしなくてはいけませんね』

敬愛する師の脳を水槽に浮かせた虚子は、血だらけになりながら作業をこなす。

この一夜で、虚子は二人の人間を救えたと考えていた。

師である子規を救った。そして師の介護で苦しんでいた律をも解放できた。医療というのは素晴らしいが限界もある。医療で解決できない苦しみを、自分は見事に救ってみせた。

少なくとも虚子はそう考えていたのだ。自分は、誰かを救えたのだと。

ブレインイーターの初陣《ういじん》は、幽《かす》かな満足感を伴うものであった。

そして今。

虚子は負けそうになっている。

苦労して作り上げたこの出版社の素晴らしさを夏子や英世《ひでよ》と共有できず、今までの努力を水の泡にされそうだ。

學天則・闇桜の開発にはどれだけの労苦があったと思っているのだろう。いや、あの二人は、虚子の思いを寸分たりとも斟酌《しんしゃく》しないだろう。

——負けたくない。

SAAでの銃撃を受け、倒れながら虚子は強く思った。

——私は編集者だ。作家を助けて、作家の可能性を引き出して、素晴らしい作品を世に放って、多くの読者を喜ばせることが使命なんだ。

その使命を大切にするからこそ、この出版社を立ち上げた。

作家たちの才能を大切に思い、病気などで作家が若くして散ってしまう悲劇を二度と起こすまいと誓ったからこそ、肉体から脳を解放し、作家にとって最高の創作環境を整えたのだ。

それを無駄にされるのか。

夏子《なつこ》と英世に、創作活動の楽園を破壊されるのを是《ぜ》とするのか。

——そんなこと、断じて認めてなるものか！

虚子の内奥《ないおう》に炎が宿る。

自分にはまだできることがあるはずだ。

Ⓚ

夏子と英世が闇桜に近づいていた、その時。

「ご主人様、何か来ます！」

背後から禰子《ねこ》の警告が飛んだ。

……ヤンヵシヤンヵシャンカシャンカシャンガシャンガシャン！

異様な金属質の足音が近づいてくる。突如として部屋に飛び込んできたのは、身の丈が夏子の倍近くある、奇妙な機械製の人形だった。

人体の形を模しているが、頭部は赤ん坊のように小さい。

膨らんだ胸部にはガラス窓がはめ込まれており、窓の中は水槽になっている。

薬液で満ちる水槽の中に、誰かの脳があった。

新手の學天則《がくてんそく》だ。その手には釘《くぎ》を打ち付けた棍棒《こんぼう》が握られている。警備の役割を担《にな》う機体のようだ。その機体が、闇桜《やみざくら》に近づこうとする夏子と英世の前に立ちふさがる。

『……ザ、ザザザ……』

機体の腰部《ようぶ》に、先ほど虚子が取り出した機械と同じような拡声器がついている。

そこから声が漏れた。呻きのような声音だった。

『ヤキウ……ヤキウ……』

「ヤキウ……まさか野球か？」

道を塞がれ、英世は腹立たしげだ。

「デク人形のくせにふざけやがって。こっちは遊んでいる場合じゃ……」

途端。

學天則は一気に英世との距離を詰め、彼の頭をボールに見立て、棍棒を構えると大振りのスイングを放った。
「！」
凶悪なスイングの軌道を読み、英世が間一髪で回避する。
殴られたら殴り返すというように、ＳＡＡが彼の手の中で吼《ほ》える。
バリィン！
ガラスが割れる音がした。
英世が放った銃弾は、學天則の胸部に安置された脳を撃ち抜いていた。
脳を失い、大きな体軀《たいく》が倒れる。腰部の拡声器から脳の末期《まつご》の声が流れる。
『ヘチマサイテ……タンノ、ツマリシ……ホトケカナ』
――糸瓜《へちま》咲いて　痰《たん》のつまりし　仏かな
機械音声が紡《つむ》いだ言葉は見事な俳句だった。そして、続く言葉に絶句する。
『ナツメ……ヤキウ……シヨウ、ゼ……』
――夏目《なつめ》、野球しようぜ。
懐《なつ》かしい言葉だった。大学時代、何度も聞いた言葉だ。
夏子はおぞましい可能性に行き着いた。
「子規《しき》……お前、子規だったのか⁉」

逝《ゆ》く間際《まぎわ》の言葉で察した。変わり果てた姿だが、俳句の出来栄《できば》えからしても、最早《もはや》そうとしか考えられない。

「ええ、正解です」

声がした。

見れば、左胸を撃たれたはずの虚子が、闇桜の傍《かたわ》らで何やら作業をしている。

目線は機械に釘付《くぎづ》けで、声だけを夏子たちに向けていた。

「誰にでも初めての時期があるということです。私の場合、師である正岡《まさおか》子規がそうでした。脳を肉体から解放したのですが、なにぶん不慣れなものでして。脳の扱いに失敗し、師の脳は大好きだった野球のことにしか反応しなくなりました。まぁ『侵入者はボールである』という思考を電気刺激で刷り込み続けることにより、侵入者をホームランしようとする警備員として有効活用していましたが……ここに至って俳句とは、流石は我が師だ」

「お前、なぜ生きている！」

虚子の戯言《たわごと》を食い破るように、英世が詰問《きつもん》する。

「修善寺《しゅぜんじ》の大患に巻き込まれて重傷を負った時、二度とこのような怪我を負うまいと創意工夫を凝らしましてね。心臓や腹回りを守るように、皮膚の下に鉄板を埋め込んでいたのですよ。おかげで体の動きがぎこちなくなり、日常生活には不便になりましたが」

虚子には最早、自分の体すら人体実験の材料だったようだ。

「ああ、そうかよ！」

英世がＳＡＡの銃口を、虚子の頭部に向けなおす。

「ならば狙うべきは頭蓋だ――ッ⁉」

英世の宣言が、途中で止まる。

空気が揺れている。部屋が鳴動している。施設全体が怯《おび》えるように震えている。

震えの中で虚子が叫んだ。

「私は編集者だ！　作家たちの可能性を引き出し、優れた文学を世に放つことで、多くの人を幸せにすることが使命だ！　ならば私は編集者として己の使命を全うする！　邪魔はさせない！」

部屋の中央で存在を放つ闇桜が、ゆっくりと動き出す。

永い眠りを払うかのような振動。より激しく、力強く。

目覚めさせたのだ。虚子が、彼女を！

「侵入者を排撃せよ、學天則・闇桜！」

巨大で不吉な機械がうなりを上げる。

部屋の空気が緊張で満ちる。満ちて満ちて満ちて、場の臨界点を超えて。

漱石《そうせき》が慕情を捧《ささ》げた婚約者は、巨大で不吉で美しい死神として顕現した。

観察するに、學天則・闇桜の主要武装は二つだ。

一つは右手に持った長剣。

もう一つが左腕に搭載したル・プリエールロケット。

先手は闇桜が取った。彼女は巨大な長剣を振り上げ、夏子と英世がいる場所目掛けて振り下ろす。どうやら電気刺激を使い、一葉《いちよう》の脳に戦闘を強要しているようだ。

二人はその場から飛びのいた。

場に転がされていた子規の學天則に、彼女の長剣が命中。全壊した。

子規は夏子に大切な情報をもたらした。

まず、學天則の弱点はやはり搭載されている脳であること。ここにダメージを与えれば、學天則は機能を停止する。

そしてもう一つ。

闇桜の攻撃を浴びてはいけないこと。一撃で命をもっていかれることになる。

「ひぇぇぇぇぇ」

闇桜の駆動を見て、情けない声を上げながら西村《にしむら》博士が離脱していく。

彼は闇桜の開発者だ。これが運用された場合の危険性を誰よりも知っている。

だからこその逃げ足の早さだった。

「奴《やつ》を追え！」

英世が禰子に向けて叫んだ。

この状況下で、西村博士を捕まえる意味は薄い。

おそらく禰子を戦場から逃がすための命令であったのだろう。

英世自身も一瞬、「らしくないことをしてしまった」と言いたげな顔になっていた。

だけど。

「嫌です！」

禰子が英世に逆らった。

長剣の二撃目が英世を狙う。ゆったりした攻撃だ。まだ機関が温まりきっていないのだろう。逆に、これからどんどん攻撃は激しくなっていくはず。

難なく攻撃を回避した英世が、禰子に吼える。

「黙れクソガキ、足手まといだ！」

「外道な師匠の言うことは聞きません！」

「お前の得物は俺がへし折ったんだぞ！　丸腰のお前に一体何が――」

すると禰子が左右のブーツに手を突っ込み、それぞれナイフを取り出した。

英世《ひでよ》が目を丸くする。

こんな状況でありながら、彼なりに感心してしまったようだった。

「禰子、臨機応変に動け。状況を俯瞰《ふかん》し、適切な手を打て」

夏子が指示を出すと、禰子は素直に頷《うなず》いた。

これで禰子は大丈夫だろう。夏子は英世に呼びかける。

「お前はどうする？　逃げていいんだぞ」

「バカ言え。あんた一人で何ができる」

場の二人は軽口を叩《たた》きあう。夏子は逃げない。英世も同様だ。

二人は一葉の脳を解放するためにこの場にいる。

他の者には譲れない、彼らが己の手で成し遂げると決めたミッションだ。

「使え。弾はフルメタルジャケットだ」

英世が攻撃を掻《か》い潜《くぐ》りつつ、夏子に拳銃を放る。

廃寺で、英世の銃弾で弾《はじ》き飛ばされた自動拳銃だ。英世が回収していたらしい。

宙を舞う拳銃を保持して安全装置を外す。素早く放った銃弾は、闇桜の体を覆う鎧《よろい》の上に火花を咲かせた。攻撃は――通っていない。

（やはりあの鎧を破壊する必要があるか）

學天則と化した子規が、胸部に内蔵された頭脳が弱点だと教えてくれた。しかしそれを承知している虚子《きょし》は、闇桜《やみざくら》に鎧を装着させている。

銃弾を弾く強度の鎧。破壊するには何が必要か。

再び迫り来る大剣を回避しつつ、夏子《なつこ》は英世と目線を通わせる。

互いに「樋口《ひぐち》一葉の脳の奪還」という目的を共有する間柄である。頭に浮かぶ戦術も目線だけで共有した。

（鍵はル・プリエールロケットだ）

闇桜の左腕に搭載された爆熱兵器。着弾の衝撃で弾頭の火薬が爆発を引き起こす。

夏子や英世が闇桜の剣の間合いのなかに身を置くのは、距離を取った場合、闇桜がル・プリエールロケットを放ってくると看破してのことだ。

これを浴びたら大惨事になる。だから危険な剣の間合いに身を置くしかない。

食らえば一撃。だが、逆に有効活用もできる。

ル・プリエールロケットの弾頭は敏感である。衝撃を与えれば爆発する。

だから闇桜の左腕に搭載されているうちに弾頭を銃撃する。そうすればル・プリエールロケットは闇桜の左腕で爆発する。爆発の衝撃は、闇桜の鎧を食い破るだろう。

重要なのはタイミングだ。

近場で弾頭を攻撃すれば爆発に巻き込まれてしまう。

距離を取りすぎると、今度はル・プリエールロケットが放たれる。

勝機は一瞬。即死をもたらす大剣の斬撃を躱《かわ》しながら、その一瞬を探し続ける。

ボスッ！

間の抜けた音がした。直後、英世の腕に血の筋が入った。

銃撃だった。虚子が隠し持っていたらしい消音器付きの銃で、戦闘に介入してくる。

闇桜に意識を向けるべき状況下で、虚子の相手までは手に余る。状況不利だ。だが――

「させません！」

禰子《ねこ》が長剣の攻撃の間を駆け抜け、虚子に肉薄。逆手で構えた二本のナイフで、虚子の銃を叩き落とす。

「邪魔をしないでもらいたい！」

銃を落とされた虚子が、懐《ふところ》から取り出したのは――肉厚のサバイバルナイフ。

柄《つか》の部分が黒ずんでいるのは、数多《あまた》の血がしみ込んだからだろう。ブレインイーターとしての活動に供していたものに相違ない。文豪たちの頭蓋を持ち運ぶため、肉厚ナイフで首を斬っていたのだろう。

殺人鬼・ブレインイーターの活動の一端が窺《うかが》い知れる、禍々《まがまが》しい刃《やいば》が禰子に向かう。

禰子は軽業師のような体運びで死の刃を回避すると、中空で虚子を蹴った。体重差がある相手に、舞うように戦っている。護衛としての才能が、開花しつつある。

「……ッ」

虚子が顔を歪《ゆが》めるのが見えた。

禰子の攻撃は軽い。決定打にはなりにくい。だが、虚子は禰子を捌《さば》くのに手一杯で、夏子たちの戦いに介入できないでいる。

禰子の支援を受けて夏子と英世は闇桜に集中した。攻撃を躱し、機を待った。

そして。

付かず離れずの間合いのなかで、英世を狙った大振りの一撃を闇桜が放つ。

英世がそれを紙一重で回避した時、待ち望んだ瞬間が訪れた。

「今だ！」

夏子と英世は大きく飛びずさりながら、ル・プリエールロケットに向け、それぞれ弾頭に銃弾を見舞った。

——爆《は》ぜ飛べ！

正確に弾頭を撃ち抜けた自信はあった。あとは爆発と衝撃波を耐えるだけだ。

夏子と英世は、十分な間合いで回避姿勢を取る。

だが。

「…………!?」

鎧を打ち破る爆発は起きなかった。

弾頭に正確に銃弾を撃ち込んだ。それは間違いない。ならば間違っているのは……。

前提だ。

「弾頭に火薬が詰め込まれている」という前提が、そもそもミスリード。

虚子は最初からル・プリエールロケットに火薬を仕込んでいなかった。

フェイクだ。相手にル・プリエールロケットを狙わせ、間合いを取らせるための罠《わな》。

そして夏子たちは、まんまと虚子の掌《てのひら》で踊ってしまった。全ては虚子の思惑通りに。

「本命はこちらですよ」

虚子の声が響く。途端、闇桜が鎮座する大きな台座が観音開きで開き、その中で出番を待っていた武装が露《あら》わになる。

全身の血が凍った。大型機関銃だ。日露戦争の折、日本兵を肉塊に変えた兵器だ。

こんなものを食らったら!

「さようなら」

虚子の言葉が鼓膜を叩いた。

機関銃が夏子たちに向けて火を噴いた。


「ご主人様！　師匠！」

声が聞こえる。全身が痛い。

だが、修善寺《しゅぜんじ》の大患の時ほどではなかった。痛いというより「重い」という感覚に襲われている。

目を開けると、視界がグラグラ揺れている。

耳鳴りが酷《ひど》い。口の中に鉄めいた液体が広がっていた。

回復していく視野の中に、癖のある猫っ毛が見える。英世の頭が見える。自分は床に転がされて、その上に英世が――。

「ラトルスネーク、お前……」

つい今しがたの記憶が脳裏に戻ってくる。

機関銃を認知した瞬間、英世はまっすぐに夏子に走ってきた。銃口が火を噴く寸前、夏子を床に押し倒し、その上に覆いかぶさった。

英世の咄嗟《とっさ》の機転が、弾丸の直撃という最悪の状況を回避した。しかし銃弾が背をかすめた英世は、背中に大きな傷を負っている。掠《かす》っただけで重傷必至の兵器から夏子を守るため、彼は自身の重傷を受け入れたのだ。

「世話の……焼ける……」

夏子の声を聞いて、英世は安堵《あんど》したような声を漏らす。

覆いかぶさる英世の体が重みを増した。彼の体は、動くことをやめていた。

「ラトルスネーク、おい、ラトルスネークッ！」

夏子は彼の体の下から抜け出る。

立ち上がって見れば更に分かる、彼の傷の深さ。白衣が血の色に染まっていく。

そして周囲に漂う巨大で不吉な気配。闇桜が放つ濃厚な威圧感。

得難《えがた》い仲間は倒され、夏子の手にあるのは自動拳銃が一丁という状況。長剣と機関銃で遠近両方に対応する要塞のような敵を前に、火力不足は歴然であった。

「ご主人様！　しっかりしてください！」

禰子の声が遠く響く。

まだ彼女は懸命に虚子に食らいついている様子だ。

それでも英世がダウンしたことで、彼女にも動揺が表れた。その動揺を虚子が突いて、反転攻勢に出ている。戦いの潮目が変わっていた。

旗色が悪すぎる。

今や、旗が黒一色に染め抜かれている。死と絶望の色だ。

——どうすればいい。

闇桜は、台座機関銃の再装塡に入っている。

やがて第二次攻撃が放たれる。夏子と英世は死ぬだろう。禰子にしたって先はない。

——ラトルスネーク、禰子。俺はどうしたら状況を打開できる。一体何をすれば、お前たちの献身に報いることができる。

闇桜の攻撃再開が近づく。機関銃を食らえば脳味噌《のうみそ》ごと粉微塵《みじん》にされる。水槽の脳として虚子にコレクションされないことが、せめてもの慰めかもしれない。

——諦めるな！

弱音を吐く心に叱咤《しった》する。

これしきが何だ。追い詰められたからとて、何だというのだ。

譲れぬ想《おも》いがあるからこそ死地に残ったのではないか。英世に守られたこの命、使い果たさずに諦めるのか。

己の心に呼びかける——三世紀前の十二月の光景を想像せよ。

三世紀前、三方ヶ原《みかたがはら》にて。戦国最強・武田信玄《たけだしんげん》の老獪《ろうかい》な戦略により戦場に引きずり出され、為《な》す術《すべ》もなく撃破された徳川《とくがわ》軍。

家康《いえやす》も一時は討ち死にを受け入れたが、徳川方であり漱石《そうせき》の先祖であった夏目吉信《なつめよしのぶ》は最後まで諦めなかった。吉信は最強の武田軍に、僅か三十騎で挑み、主君が逃げる時間を稼いだ。

三世紀前の合戦模様を瞼《まぶた》の裏に映し出し、目を開く。眼前の光景と見比べる。

眼前に聳《そび》え立つ威容。樋口一葉《いちよう》の脳を内包した人造人間要塞・闇桜。

ああ、確かに窮地だ。それでも武田信玄を相手にした先祖の方が窮地であったはず。

戦力差を見せつけられて、なおも胸には熱いものが燃える。

「まだだ。まだ心は折れていない！」

己を鼓舞するように吼《ほ》え、夏子は闇桜へと向き直る。

今は一葉の肉体だ。血液を作り出す脊髄も一葉のもの。体に流れるのは樋口家の血液。

吉信との血脈は、肉体的には絶えている。

それでもどこかに感じるのだ。かつて三方ヶ原で散った先祖の血潮を。戦国最強の敵になおも挑もうとした闘志を。強敵を前にして奮い立つ、戦士としての宿業《しゅくごう》を！

——そうか、これも心というものか。

他人の肉体を間借りしてなお、先祖から受け継いだ心が、胸に燃えている。

心は夏子《なつこ》に呼びかける――「諦めるな！」

夏子は頷《うなず》き、覚悟を固めた。守ると決めたものを守り抜く。

かつては個人主義を掲げ、表現の自由を守り抜こうとした。

そして今、死を覚悟して夏子を救おうとしてくれた英世《ひでよ》を、夏子は守ると決めた。未《いま》だ奮闘している禰子の努力に、応えようと決めた。

勝算なんてない。

そんな眠たい計算式の産物に、この局面では縋《すが》らない。

恃《たの》むべきは己自身。

胸に宿り、圧倒的な闘志を生み出し続ける心こそ、夏子の最後にして最強の武器だ。

運命が、再起動《リブート》し始める。

夏子は闇桜との間合いを詰めた。

一撃で敵を肉塊にする長剣の間合いに、己の身を投じたのだ。

蛮勇の発露ではない。心を燃やしつつ、頭はあくまで冷静でいる。

――虚子《きょし》は、樋口《ひぐち》一葉の脳が戦いを厭《いと》っていたと言っていた。

虚子の言葉を夏子は分析していた。

――樋口一葉は戦いの素人《しろうと》だ。彼女の脳が、相手との間合いを読み取り的確に攻撃を使い分けられるとは思えない。おそらく虚子が電気刺激で、彼女の頭に「条件付け」を行い戦闘を補佐したのだろう。

脳に焼き付けられる命令はそう多くないはず。

彼女の頭にはどのような条件が焼き付けられたか。

――「近距離の侵入者は剣で攻撃しろ」だ。

――「長距離の侵入者は機関銃を使え」もある。

「近距離と遠距離に敵がいる場合」はどうなる？

英世はもう動けない。英世に機関銃が放たれれば、彼の死が確定する。

ならばと夏子は接近戦を選んだのだ。

案の定、闇桜《やみざくら》は機関銃を撃たず、迫る夏子を剣で攻撃することを優先してきた。搭載した脳を守るという、虚子の優先順位が表れていた。

夏子が剣の間合いのなかで戦い続けているうちは、英世への攻撃を阻止できる。一撃即死の大剣の間合いで、どれだけ立ち回れるかが勝敗のカギ。

そして始まる、斬撃のなかのマニューバ。

上から、横から。迫り来る「死」に、一葉の肉体で挑む。徹底的に回避する。

「いつまで避け続けられますかね、先生！」

虚子の嗤《わら》い声がした。

――死ぬまで、だ！

夏子は回避を続ける。体力が勢いよく削られていく。呼気が上がる。

汗で着衣が体に張り付き、ボディラインが浮き上がる。

「…………！」

そして。

ある時点から、虚子の嗤いの気配が凪《な》いだ。

「……それが狙いですか」

斬撃のなかで、虚子の呟《つぶや》きが聞こえた気がした。幻聴だったかもしれないが、そろそろ虚子も気付いている頃合いだろう。

限界が迫っているのは夏子だけではない。闇桜の排熱もだ。

人造人間・學天則《がくてんそく》は優秀な兵器である。人間の頭脳により姿勢制御や兵器運用を行い、電気刺激で条件を埋め込んでおけば、多彩な戦術を取ることも可能。考えたくはない未来だが、この有用性が広まれば、やがて戦争の花形はこの兵器になるかもしれない。

だが、人間の頭脳を用いたが故の弱点がある。熱だ。

あれだけ巨大な機械を素早く動かすには、電力だけでは不足だろう。蒸気圧も使っていると見えた。当然、排熱が必要になる。

まして大剣を無数に振るっていれば、当然、機内に熱が籠る。それは胸部にあるはずの、脳を収める水槽にも影響する。脳は熱に弱いのだ。

デリケートな脳を、このような巨大兵器の中に組み込み、フルパワーで活動させ続ければ、熱がゆっくりと脳を炙《あぶ》り続ける。

まして闇桜は、弱点を守るために鎧《よろい》を着こんでいる。あれでは排熱もままならない。いつかは限界が訪れる。機能を維持できなくなるはずだ。

尤《もっと》も。

闇桜の限界がいつ訪れるか分からない。一分後かもしれないし、一時間後かもしれない。

そして夏子の体力の限界は間近である。体力の全てと運の全てを総動員して、いつ来るのか分からない敵の限界を待ち望みながら回避し続ける。

際《きわ》どい場面がいくつもあった。

マニューバを続けるほどに、危機は頻度を増していった。

そして、戦いの潮目が変わる。

「ッ！」

先に限界が訪れたのは、夏子の方であった。足がもつれた。大剣が上から迫る。

辛《かろ》うじて回避。だが十分な回避ではなく、衝撃を受けて吹き飛ばされた。

「ご主人様！」

禰子《ねこ》が叫んだ。それが隙に繋《つな》がったのだろう。

「くうっ⁉」

苦しげな声がした。禰子の隙をついた虚子の一閃《いっせん》が、禰子の腿《もも》に傷を負わせた。

禰子が床に崩れ落ちた。傷のダメージというより、蓄積された疲労の発露だった。

夏子も禰子も、もう立ち上がることはできない。

今度こそ打つ手がなくなった。

足掻《あが》いて足掻いて足掻ききって。その果ての終局だ。

力を総動員し、運にも任せ、果てに来世の分の運まで前借りしてのマニューバだ。

それでも及ばなかったのであれば、仕方がない。

機関銃が仰角調整を行っている。水平射撃による銃殺——それが第二の人生の終着点。

これで二度目の死を迎えることになる。激しい運動で思考はすっかり漂白されていた。

辞世の句ひとつ浮かばない。

――結局、またこの世に言葉を留め置けずに死ぬのか。

悔恨が胸をよぎった。

「諦めるな！」

声が飛んだ。夏子の心臓が跳ねた。

英世の声だ。

声の方を見て、更なる驚きに襲われる。

彼は部屋の入り口に立っていた。闇桜を含めた場の全員が、それぞれの戦いに熱中している間に、彼は起き上がって場を離脱していたらしい。

ならば何故《なぜ》、傷を負った体で戻ってきたのか。

その答えを彼は手にしていた。

足元に口を開いたケースを転がした彼の手に、夏子にとっての因縁の兵器――小銃榴弾《ライフルグレネード》が握られていた。

そう。

虚子は述べていた。ここには最新の武装があると。

英世はしっかりと情報を頭に入れていたのだ。

彼は最適なタイミングで情報を活用した。自分へのマークが外れたことをいいことに戦場を離脱し、施設の中に闇桜の防御を破る武器を求めたのだ。

場の全員が、英世のことを「もう立ち上がれず、ここで死ぬ」と予想していた。

だが彼は生粋の裏切り者。周囲の予想を裏切り、戦況をかき乱す。

今、彼の手には携行武器の中では最強級の火力兵器がある。

英世は十分な仰角をとり、丸い榴弾弾頭を闇桜へと向ける。

「それは――ッ！」

虚子の顔が歪《ゆが》んだ。

まさか、ここまで勝利に近づいた瞬間に、英世が更なる一手を打つとは予想外だったのだろう。

そして彼の一手は、虚子の野望に致命傷を与えるものであった。虚子の表情が雄弁に物語っていた。

「構えろ！」

英世の叫びが、燃やし尽くしたと思われた夏子の心の残り火に、風を送った。

蛍火のような闘志が手に宿る。

夏子は自動拳銃を構える。敵の強固な鎧に銃口を向ける。

発射音が轟《とどろ》いた。

榴弾が夏子を追い越し、闇桜の鎧の胸部に着弾した。

弾頭の火薬が、修善寺《しゅぜんじ》の再現と言わんばかりに咲き誇る。

いかに堅固な鎧も、この兵器を前にしては形を保ちえなかった。

闇桜の巨軀《きょく》が揺らぐ。崩壊した鎧が下へと落ち、機関銃の射線を塞ぐ。

英世が放った榴弾は、場の状況を一変させることに成功した。

かつて夏目漱石《なつめそうせき》の人生をへし折った小銃榴弾《ライフルグレネード》が、今度は夏子の活路を切り開いた。

爆炎が晴れていく。闇桜の胸部が露出していた。

姫騎士を模《かたど》った機械の体。胸部の中央に、小さなガラス窓。狙うべきはそこだ。

「夏目漱石ィッ！」

銃を手にする夏子に向け、絶叫。血を吐くような虚子の叫び声。

「やめろ、やめろッ！　何をしようとしているのか分かっているのか！　彼女は文学界の宝だ！　全人類の財産だ！　読む者全ての心に、明日を笑顔で生きていく力を与えることができる、唯一無二の文才だ！　それを消すというのか！」

彼は叫びを連ねる。

「彼女と添い遂げたかったんだろう⁉　現世で一緒になれぬと知りつつ、慕情を捨てきれなかったんだろう⁉　だから私が、彼女と永遠に一つになれる場を用意したのに！」

チクリと。

闇桜の胸に照準を合わせる夏子《なつこ》の胸に、痛みが奔《はし》った。

後悔がないなんて嘘《うそ》。未練がないなんて、見え透いた強がり。

本当は彼女に生きていて欲しかった。もっと一緒にいたかった。

——寂しい。

事ここに及んで、寂しさが胸を満たす。

だけど。

十五年前、一葉《いちよう》は表現したのだ。自分の寿命を使って己の美学——則天去私を。

個人主義の旗を掲げた身として、彼女の表現の自由は守る。

どれだけ夏子にとって辛《つら》くても、苦しくても。一葉の死こそ、一葉の表現。

だから歪められた彼女の死を取り戻す。

彼女が表現したままに、死を彼女に捧《ささ》げる。

——それでいいだろ、森《もり》先生、ラトルスネーク。

引き金に指がかかる。安全装置はとっくに外れている。

脳裏に一葉との思い出がよみがえる。

彼女といっぱい遊んだ。共に学んだ。

表情を変える季節の中で美しい風景を見つけ、二人で未熟な詩を作ったりもした。

二人でよく月を見た。西洋の盾のように丸く、鏡のように輝く月。寄り添う二人の姿が月に映りそうなほど。超然たる美が夜空に浮かび、地上には月光に照らされた美しい乙女の姿がある。そんな綺麗《きれい》な思い出の数々。

瞼《まぶた》の裏に思い出が浮かぶ度、目に涙が染《し》みた。

揺らぐ視界の中で、それでも銃で狙う先は見失わない。狙うべき丸いガラス窓は満月のようにも見える。誘うように、導くように、ガラス窓はある。

様々な思い出と感情が頭の中を巡る。感情と情報の濁流だ。

とても表現しきれない感情は、やがて夏子の口から悲しい響きを帯びて、零《こぼ》れた。

「——月が、綺麗ですね」

銃声が轟いた。

Ⓚ

「やりなおさなくてはいけませんね……」

全てが終わった部屋の中、その声は虚《むな》しく響いた。

虚子《きょし》が発した声だった。

ガラス窓は撃ち抜かれ、銃弾は一葉に届いた。

文学界の宝は、かつて望んだままに、天に召された。

闇桜《やみざくら》は活動を停止している。虚子の手下たちはＳＡＡで裁かれており、虚子が心血を注ぎこんだ「出版社」は、大いに機能を奪われた。

虚子は怒っていた。彼の憎しみは、一葉を送り終えた夏子たちに向かった。

渾身《こんしん》の一撃を見舞った夏子は、もう動けない。

無理を押してここまで戦った禰子も同様だ。

虚子がサバイバルナイフを手にしてふらふらと歩いてきても、夏子も禰子もただその場

に座り込むしかできない

「ひどいですね夏目先生……私の出版社の主力作家をよくもまぁ……こうなった以上は、夏目先生に穴埋めしていただきますよ。脳を取り出し水槽に押し込めて、二十四時間三百六十五日ずっと執筆してもらいます……『吾輩《わがはい》は猫である』以上のヒット作を、期待していますよ」

幽鬼の足取り、狂気の笑み。

邪魔者たちを殺して、最後に夏子——そんな残虐な計画が、彼の顔に壊れた笑みを浮かべさせていた。全てを失った男の、最後の足掻きだった。

夏子たちは逃げなかった。体力的に逃げられなかった。

そもそも夏子の精神は充足していた。一葉を無事に天に送り返してあげられたことで、やるべきことをやれたという満足感があったのだ。

だが、これで満足しない男もいる。

彼は執念深かった。まるでヘビのように。

カチャリ。

まずは禰子から狙おうとしていた虚子に向け、ＳＡＡの銃口が睨《にら》みを利《き》かせた。

　虚子が諦観溢《あふ》れる眼差《まなざ》しになり、寂しげに笑う。

「……野口《のぐち》さん。作家でもないあなたが、この作家の楽園を終わらせる気ですか？」

「楽園追放《パラダイスロスト》――作家たちを楽園から追放《かいほう》するに、蛇《おれ》以上の適任はいないだろ？」

　握り手のガラガラヘビの意匠が、血に染まりながらも虚子を見据えていた。

「随分ごきげんよう《ＥＮＴＬＡＳＳＥＮ》」

　金属の蓮根《れんこん》が回る。ＳＡＡが最後の一発を吐き出す。

　それは、戦いの終わりを告げる号砲であった。

【闇桜】 史実

やみざくら

樋口一葉の父・則義《たき》が事業に失敗して多くの借金を抱えて亡くなり、一葉が樋口家の家長となったのは17歳のときのことだった。婚約者との縁談も破談となり、貧しい生活の中、一葉は小説家を目指すこと考えつき、『朝日新聞』で小説を書いていた半井桃水《なからいとうすい》のもとに弟子入りをする。通っていた中島歌子《なかじまうたこ》の歌塾『萩の舎』で姉弟子だった田辺花圃《たなべかほ》が小説『藪の鶯』で多額の原稿料を得たことを知ったのがきっかけだった。そして、桃水が刊行していた同人誌『武蔵野』に、一葉が初めて掲載をした小説が『闇桜』となる。これは、ヒロインの千代が、隣に住む年上の男性・良之助と兄妹のような関係だったものの、恋心を自覚した直後に良之助が結婚することとなって、千代が病に伏せてしまうという物語。幼なじみどうしの悲恋は、後の名作『たけくらべ』にもつながるモチーフで、一葉の作家としての特質がこの小説にはすでに表れている。

【則天去私】 史実

そくてん・きょし

漱石が晩年に作った造語で、この時期の漱石の思想を表していると言われている。

漱石が亡くなった直後、新潮社が発行していた日記帳『大正六年文章日記』で「一月」の扉に記された。未完成に終わった漱石の遺作『明暗』にその内容が記されていると言われており、自らを自然に任せ、個人的な考えや私欲を捨てるべきだという意味だと考えられていたが、漱石がこの言葉を使ったことはなく、またその本当の意味もはっきりとはわからないというのが実情である。

【高浜虚子】 史実

たかはま・きょし

高浜虚子は１８９０年に子規が故郷の松山に帰っていたときに野球を通じて出会い、その後、俳句で子規に弟子入りをした。

子規の死後、俳句雑誌『ホトトギス』を任されていた虚子は、大学講師の仕事で神経衰弱になっていた漱石に、気晴らしに何か書いてみるように勧め、そして書かれた漱石の小説デビュー作こそが『吾輩は猫である』だった。

【高浜虚子】 虚構

たかはま・きょし

文学を愛し、作家を愛し、編集業の可能性を信じ続けた男。彼が振るう刃に悪意はなく、彼の目は常に、文学の力が作り出す素敵な未来を見据えていた。

作中で藤田五郎が言及した「悪意以上に警戒すべき善意」の具現化のような人物だが、藤田は虚子を警戒していた訳ではない。虚子でさえも、帝都に潜む闇の一つに過ぎないのだ。

【正岡子規】 史実

まさおか・しき

夏目漱石と正岡子規は、大学予備門に１８８４年に入学した同級生だった。大学予備門とは、明治十年に東京大学が新設された際に作られた教育機関で、現代でいう高等学校から大学2年生くらいまでの世代が一般教養科目を学ぶ四年制の学校となる。

漱石と子規は、寄席で落語を聴くという共通の趣味を通じて出会い、子規が肺結核のために１９０２年に亡くなるまでの親友となった。特に漱石が１８９５年に愛媛県尋常中学校（松山中学校）に英語教師として赴任したときに二人は一緒に生活をしたほか、漱石は子規に感化されて俳句を始めている。

COLUMN

終章　それから

日本のとある辺境。海を一望できる断崖に、一本の桜の苗木が植わっている。

八重桜の一種で、『一葉桜《いちようざくら》』と呼ばれる桜の苗木である。

このような場所に、いったい誰が、どうして桜を植えたのか。

答えを知るのはこの世で四人のみだ。


一九一一年の年末に起きた事件の後始末は、軍医総監・森鷗外《おうがい》によって行われた。

事件に関しては徹底した情報の隠蔽がなされ、世にも恐ろしい出版社を作り上げた編集者・高浜《たかはま》虚子は治療の末に牢《ろう》に収監された。

そう、収監されたのだ。墓地送りとなったわけではない。

英世《ひでよ》は虚子を殺さなかった。

最後の発砲の際、狙う先を頭蓋から腰部《ようぶ》へと変更したため、虚子は命を保った。

『なぜ殺さなかった？』

鷗外の手引きで治療を受け、段々体が回復してきた頃、夏子は英世に聞いてみた。

『高浜虚子のことか？　奴《やつ》の発言を聞くに、樋口《ひぐち》一葉の素晴らしさをしっかり理解していたからな。彼女の凄《すご》さを見抜く感性を、消し去っちまうのも勿体《もったい》ないだろ』

英世の答えがそれだった。

彼は心の底から樋口一葉のファンであった。

だから學天則《がくてんそく》から一葉を取り返し荼毘《だび》に付した後の灰は、英世の提案により一葉桜の下に埋められて供養《くよう》された。

夏子と英世はもちろん、禰子《ねこ》と森鷗外も供養に参加した。一葉桜に樋口一葉が眠っていることを知るのは、この四人だ。

いつか桜は大きくなるだろう。

海から見る景色に、綺麗に映えることだろう。

そして詩人が訪れて、歌を詠《よ》むことだろう。

彼女の心が宿る桜が、誰かの歌に命を吹き込むことになるだろう。

これが學天則・闇桜を巡る、一連の事件の締めくくりだった。

Ⓚ

一九一二年八月。

神田高等女学校の卒業式が行われた。

それまでこの学校における卒業式とは、在学中に結婚できなかった負け犬を、学校から追い出す儀式であった。

だけど今、卒業式は変わった。それぞれの道を歩みだす乙女たちを、祝福するための場になっていた。

変革をもたらしたのは、表向きには校長である。

そして、変革の裏には一人の女教師がいたことを、女学生たちは知っていた。

さて、その女教師だが。

今、校内を全力で逃げている最中である。

「夏子先生、お待ちになってください！」

「卒業なんてさせませんから！」

夏子は今、廊下を疾駆している。

背後からは乙女たちが津波のように押し寄せている。逃げなければ呑《の》まれてしまう。

「酷《ひど》いです先生！　五年生と一緒に、学校を去るなんて！」

「我々在校生一同、先生と過ごすことを心待ちにしておりましたのに！」

「どうしても卒業するのなら、せめて先生を想《おも》い偲《しの》べる形見をください！」

「心臓に一番近いボタンをください！」

「もういっそのこと心臓をください！」

乙女たちは口々に寂寥《せきりょう》の念を叫ぶが、夏子《なつこ》の足は止まらない。

むしろ最後のヤバい発言を受けて、足運びがいっそう早まった。捕まったら禄《ろく》でもないことになる。確信にも似た予感があった。

と——

「逃げてください、ご主……いえ、夏子先生！」

夏子を追う乙女津波の前に立ちはだかった者がいる。

「蒔田内《まだない》さん!?」

「ここは私が時間を稼ぎます！」

転入生であり、五年生として卒業する禰子は、晴れ着姿のわが身を防壁とする。

年末の死闘では夏子の窮地を救った立役者だ。その立ち姿は頼もしい。

「さぁ、後輩の子たち、かかってきなさい。先生には指一本触れさせ——」

「十二時の方向に蒔田内先輩を発見しましたわ！」

「在学中、夏子先生を独占し続けた毒婦ですの！　包囲しましょう！」

「いい機会ですぅ！　ギッタンギタンにしちゃうんですぅ！」

夏子を追う乙女たちが、急に負の気配を帯びる。

「ひっ⁉」

圧倒的な感情に立ちすくんだ禰子が、乙女たちの波に呑まれていった。

「……無事を祈る」

夏子はぼそっと呟《つぶや》いて逃げ出していく。

禰子の犠牲は無駄ではなかった。追跡者との距離をだいぶ稼げたのだ。


そうはいっても、閉じられた校内での逃走劇には限界がある。

夏子が在りし日のカリスマを取り戻した結果が、在校生全員が追手という現状だ。人を惹《ひ》きつけるカリスマを振りまいた挙句がこれだ。

夏子の正体が虚子たちに漏れた以上、やがて政府の耳に入るかもしれなかった。

女学生たちを巻き込むのに忍びなく、教職を辞する決意を固めたら、御覧の有様《ありさま》だ。

「くそっ」

隠れ場所は潰されていき、じりじりと包囲網は縮まっている。

逃走劇の果てに、もみくちゃにされる未来までも見えてきた。

「南無三」

とうとう夏子は用務室に飛び込んだ。入り口が一つしかなく、そこが封鎖されたら袋のネズミなのだが、隠れ場所といえばここしかなかった。

部屋には藤田《ふじた》がいた。「やはりここに逃げてこられましたか」と苦笑いしている。

そして、もう一人。

夏子にとって意外な人物がいた。

「よぉ」

英世である。

お嬢様学校である神田高等女学校にどうやって忍び込んだのか、用務室で平然とお茶を啜《すす》っている。夏子がここに来ると見込んで待っていたようだ。

「どうしてここに？」

「まぁちょっと……あんたへの謝罪ってやつだ」

「謝罪？」

随分と殊勝な言葉が出てきたものだ。

年末の共闘の件もあり、彼が重ねてきた所業について、夏子もうやむやにしてきた部分もある。

それに対する改めての詫《わ》びだろうか。

いや、こいつはそこまで誠実な人間ではないはずだ。

「西村《にしむら》博士のことだ」

西村博士。學天則を作り、また小泉八雲《こいずみやくも》に延命の人体実験を施した在野の天才。

久しぶりに聞く名前だった。例の件で逃げ去って、行方知れずと聞いていた。

「彼が學天則の技術を流出させたようだ。既に政府や軍が、學天則の試作機作成に着手をしたらしい」

「！」

「あんたの言う通りだったよ。奴の研究への興味で助命してしまったが、本当はあの場で殺しておくべきだった」

英世が苦虫を噛《か》み潰したように呟くので、夏子は肩を竦《すく》める。

「奴の研究に興味を持てないようなお前じゃ、俺の手術を成功させることもできなかっただろうよ」

「いずれにせよ、だ」

英世が夏子を見つめる。

「西村博士を追わなければならない。彼が技術をこれ以上流出させれば、悪《あ》しき志を持つ連中にまで軍事力を持たせることになる。世界は既に混沌《こんとん》に片足を突っ込んでいるんだ」

「仮初の平和は終わった。もはや雌伏の時ではない——か」

夏子はゆっくり瞑目《めいもく》した。

目を開けた時、その目には決意の炎が宿っている。

「學天則の流出は、俺たちにも責任がある。學天則が混乱の時代をもたらすのであれば、それを終わらせるのは俺たちの役目だ。地獄の底まで付き合ってもらうぞ」

「ああ、覚悟はできてるよ」

ニヒルな表情で了承され、夏子は新たな戦いへと思いをはせた。


一九一二年。

世に出回った全ての學天則を撃破するため、夏子は新たな組織を築いた。

組織の名は『幻影《まぼろし》の盾』という。

彼らの軌跡を知る者は少なく、されど確かに、歴史に足跡を残していった。

——某日。新宿の廃墟《はいきょ》にて。

白衣姿の男が、中型の學天則を破壊《こわ》していた。たった一人で、しかも素手で。

「下らん。なーにが學天則だ。機械の体に脳を入れて、不老不死とは呆《あき》れ果てる」

男は學天則の体から脳味噌《のうみそ》を引きずり出し、靴で脳を踏み潰す。

「生命というものを侮辱しておる。つまり、生命を扱う医者を舐《な》めておる。即《すなわ》ち、医者の頂点に立つこのワシをも愚弄しておる！」

ブツブツと呟く彼は、ふと笑う。

「さては奴か？　あのバカ弟子の仕業か？　成程、奴の仕業だというなら好都合……」

彼は懐《ふところ》から二枚の写真を取り出した。被写体は夏子と英世《ひでよ》だった。

「野口《のぐち》英世……禁忌の手術に手を染めた医者は、有罪！」

「そして樋口夏子、いや、夏目漱石《なつめそうせき》……禁忌の手術で蘇《よみがえ》った命も、同じく有罪！」

二人に有罪の断を下した男の笑みは、獰猛《どうもう》なものに変わっていく。

「お前たち二人を終焉《おわ》らせてやるわい。このワシの手でな」

人知れず、廃墟の中で宣戦布告が行われる。

その男の名は——北里柴三郎《きたさとしばさぶろう》といった。

了

あとがき

かつて、東京・神田の一角に小さな部屋があった。

部屋には大きなロッカーがあった。中には角材数本とヘルメット数個、そして雄渾《ゆうこん》な筆致の学祭誌が堆《うずたか》く積まれていた。

これらを部屋ごと私に預けていった面々が、この部屋に戻ってくることはなかった。

私は部屋の電話番だったが、電話が鳴ることはなく、来訪者もいなかった。

無用の部屋の管理を一人で担《にな》う私は、この部屋を読書のための庵《いおり》として活用した。

夜になると付近の公園で学生たちが酒宴を始める。盛り上がれば校歌合唱が始まる。そうなると読書どころではなくなるのだが、そこにさえ目を瞑《つぶ》れば、あの場所は本に向き合う環境として最適だった。

庵の中、本を読んだ。読書のお伴《とも》はブランデー入りの紅茶だった。当時、昼間からの飲酒を禁じる規律は私の周囲に存在しなかった。野蛮で寛容な時代であった。

あの頃の読書経験が基礎となり、拙作『夏目漱石《なつめそうせき》ファンタジア』は出来上がった。

出版には、多くの方々のお力添えがある。

担当編集のM氏は挑戦を恐れない人であった。執筆にあたっては「君はただアクセルを踏み給《たま》え」という言葉で、私の創作を後押ししてくれた。

そのM氏より森倉円《もりくらえん》先生の助力を得られたと連絡があった時、私の心は躍った。

東京国立博物館にその名を刻む稀代《きたい》のイラストレーターに絵を描いて頂けたことは、私にとって畏れ多い出来事であり、そして大いなる誉れとなった。

監修・大橋崇行《おおはしたかゆき》先生からのご指導は、私に己の浅学さを突きつけると同時、創作上の新たなアイデアをもたらす有機的なものであった。

ほか、ファンタジア大賞の選考委員の先生方、編集部の皆様、校正と営業に携わって下さった皆様がいる。全てのお力添えに、今一度、心から感謝申し上げる。

第36回ファンタジア大賞の受賞組の出版は続く。

授賞式にて歓談の機会を得たが、それぞれの先生方が独自の強みを持っていた。

一人の読者として、先生方の作品に触れる日を楽しみにしている。

令和六年一月某日　零余子《れいよし》

解説　ライトノベルの魅力にあふれた「文豪」コンテンツ

大橋《おおはし》　崇行《たかゆき》

二〇一〇代半ば頃から「文豪」ブームと言うべき現象が広がっている。これは、「文豪」と呼ばれる日本近代文学の作家たちをマンガやアニメ、ゲーム、ドラマCDなどのキャラクターとして造形したコンテンツが、同時多発的に広がったことを指している。このブームは、読者やユーザーが「文豪」コンテンツに触れるだけでなく、その作家にゆかりの土地や場所をある種の「聖地巡礼」として訪れたり、実際に作家が書いた作品を読んだりすることにつながった。また、東京都新宿区の「新宿区立漱石山房《そうせきさんぼう》記念館」や、神奈川県横浜市にある「神奈川近代文学館」などをはじめ、多くの文学館とのコラボによるイベントも企画されている。

こうした流行を見ながら、それではもしライトノベルで「文豪」コンテンツをやるとしたら、どのようなものになるだろうかと考えていた。そんなときに、たまたまインターネットに流れてきた一つの情報を見かけた。第36回後期ファンタジア大賞の入選作発表である。

武装組織の司令官となった夏目漱石が修善寺《しゅぜんじ》の菊屋《きくや》旅館で暗殺されたものの、医師・森《もり》鷗外《おうがい》の手によってかつての婚約者だった樋口一葉《ひぐちいちよう》の身体《からだ》を得ることで甦《よみがえ》る。概要を読んでも、もはや意味が分からない。しかも、作者のペンネームは「おたんちん♡ぱれおろがす」。これは、ローマ帝国最後の皇帝コンスタンディノス11世ドラガシス・パレオロゴスと江戸言葉で間抜けな相手をからかうときに使う「おたんちん」とを掛けて、漱石が妻の鏡子《きょうこ》をからかうときに使っていた言葉に由来するものだ。漱石にとっての最初の小説『吾輩《わがはい》は猫である』でも、苦沙弥《くしゃみ》先生が山芋の値段を知らない妻を罵倒する場面で使われている。この用語を悪ふざけのようなペンネームにして使っている。

この発表を見たとき、なんとかしてこれを読めないだろうかと思っていた。そしてこの小説がめでたく年間を通じての「大賞」を受賞したとのことで、タイトルを改題の上、著者のペンネームも受賞時に「零余子《れいよし》」と改めて刊行されたのが本作『夏目漱石ファンタジア』である。ちなみに、この零余子を「むかご」と読まずにあえて「れいよし」としているのも、夏目漱石『三四郎』で大都会東京を初めて目の当たりにした三四郎の友人となって東京を案内した佐々木与次郎《ささきよじろう》が、作中で評論「偉大なる暗闇」を書いたときに筆名として使っていたことに由来するものだ。

実際に読んでみると、本作は間違いなく、「怪作」と呼ぶにふさわしいものだった♂再び生を受けることとなった漱石は樋口夏子《なつこ》として夏目家の「元女中」だったという禰子《ねこ》を従え、神田高等女学校に教師として赴任する。学級委員の織部薫《おりべかおる》とデートをし、かつての弟子だった芥川龍之介《あくたがわりゅうのすけ》を助けるなど新たな人生を楽しんでいる。一方で、かつて漱石が率いていた武装組織『木曜会』の影がちらつきはじめる。新たにその司令官となった寺《てら》田寅彦《だとらひこ》、かつて帝国大学で漱石が講師をしたときの前任者だった小泉八雲《こいずみやくも》、『吾輩は猫である』を編集した高浜虚子《たかはまきょし》。漱石、そして樋口一葉を取り巻く人物たちの思惑が錯綜《さくそう》していく。本作の面白さは、こうした波瀾万丈《はらんばんじょう》のストーリーを、実際の「文豪」たちの事績を踏まえながら、山田風太郎《やまだふうたろう》や荒俣宏《あらまたひろし》、高橋源一郎《たかはしげんいちろう》らが描いてきた虚構としての「文学史」を取り込み、さらに新しい物語へと昇華させていったところにある。

　たしかにある意味においては、悪ふざけの小説だとも言えるだろう。けれども考えてみれば、このようにさまざまな要素を取り込みながら大真面目に悪ふざけをしようというのは、ライトノベルと呼ばれている小説群が持っていた魅力の一つではなかったか。一方で本作は、現代のライトノベルらしいストーリーの進め方やキャラクター設定をしっかりと構築している。その意味で本作は、ライトノベルとしての魅力に溢《あふ》れた、ライトノベルだからこそ可能となった「文豪」コンテンツなのである。

（作家・成蹊《せいけい》大学准教授）

富士見ファンタジア文庫

夏目漱石《なつめそうせき》ファンタジア

令和6年2月20日　初版発行

著者──零余子《れいよし》

発行者──山下直久

発　行──株式会社KADOKAWA
〒102-8177
東京都千代田区富士見2-13-3
0570-002-301（ナビダイヤル）

印刷所──株式会社暁印刷

製本所──本間製本株式会社

ISBN978-4-04-075306-5 C0193　◇◇◇

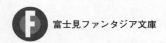

切り拓け！キミだけの王道
ファンタジア大賞
原稿募集中！
賞金
《大賞》300万円
《金賞》50万円
《銀賞》30万円
選考委員
細音啓「キミと僕の最後の戦場、あるいは世界が始まる聖戦」
橘公司「デート・ア・ライブ」
羊太郎「ロクでなし魔術講師と禁忌教典《アカシックレコード》」
ファンタジア文庫編集長
前期締切 8月末日
後期締切 2月末日
公式サイトはこちら！ https://www.fantasiataisho.com/